나의 스승 어머니

조선시대 아들들이 회고하는 어머니의 가르침과 사랑

허미자 지음

보고사

들어가는 말

　지금까지 한국문학 전공자들이 한국 "여성" 연구에서 여성문학에 많은 비중을 두었다. 그러나 여성의 원형(原型)으로서의 어머니에 대한 연구는 그리 많지 않았다. 조선시대의 어머니에 관하여서는 자료가 많지 않아 고증하기 어려웠을 뿐만 아니라, 학자들의 연구에서도 소홀한 점이 없지 않았다. 전형적인 선비 집안에 태어나 전통적인 여성교육을 받고 자랐던 필자로서는 한국고전문학이라는 나의 전공을 활용하여 어머니의 역할과 자아실현에 대하여 연구하고 싶었으며, 그런 자료를 조선시대의 어머니 이야기에서 찾아보았다.

　'자식을 보아서 부모를 알 수 있다'는 말이 있는 것처럼, 예나 이제나 성공한 자녀 뒤에는 훌륭한 부모가 있었다. 성공한 자녀라고 해서 모두 그 공을 부모에게 돌린 것은 아니지만, 어려서부터 부모의 노고에 감사하며 자란 자녀들은 뒷날 부모의 생애를 기록하여 그 은혜를 기렸는데, 그 가운데 어머니 이야기를 몇십 편 찾아볼 수 있었다.

　필자는 조선시대 사대부가(士大夫家)의 아들들이 돌아가신 어머니를 그리워하며 어머니의 가르침과 사랑에 대하여 쓴 글인 행장(行狀)이나 유사(遺事)를 자료로 조선시대 사대부가의 어머니들이 어떻게 자녀들을 교육시켰으며, 그 교육을 통하여 어떻게 훌륭한 인물이 탄생하였는가를 찾아보았다. 또한 어머니가 자녀교육을 위하여 어떻게 스승의 역할을 했는지 살펴보았다.

나아가서는 아들들이 지은 행장을 토대로 조선시대의 어머니들과 현대의 어머니들과의 교육철학을 접목시키는 방법으로 전통적 맥락에서 한국어머니의 정체성을 밝혀 보려고 하였다. 이러한 목적으로 열네 분의 문신(文臣)·문장가(文章家)·학자·정치가·예술가를 선정하여 그들이 남긴 어머니의 행장을 살펴보았다.

수십 편의 행장을 읽던 가운데 이이(李珥)의 어머니 신사임당(申師任堂), 안정복(安鼎福)의 어머니 전주 이씨, 심육(沈錥)의 어머니 정경부인 이씨, 김종직(金宗直)의 어머니 영인(令人) 박씨, 서유구(徐有榘)의 어머니 정부인 한산 이씨, 홍석주(洪奭周)의 어머니 영수합 서씨, 이건창(李建昌)의 어머니 파평 윤씨, 유득공(柳得恭)의 어머니 남양 홍씨, 이현일(李玄逸)의 어머니 정부인 안동 장씨, 김만중(金萬重)의 어머니 해평 윤씨, 최창대(崔昌大)의 어머니 경주 이씨, 김주신(金柱臣)의 어머니 풍양 조씨, 이황(李滉)의 어머니 춘천 박씨, 윤광호(尹光濩)의 어머니 정부인 박씨의 행장 속에서 자녀에 대한 사랑과 가르침의 방법을 찾아볼 수 있었다.

조선시대 사대부가의 어머니들은 명문가의 가정에서 태어나 기본적으로 친정에서 부모로부터 유교의 경전(經典)과 『소학(小學)』·『내훈(內訓)』·『여범(女範)』·『열녀전(烈女傳)』·『명심보감(明心寶鑑)』·『당시(唐詩)』·『여사(女史)』·『십구사략(十九史略)』 등의 교양서적을 배우고 출가하였다. 이러한 학문과 교양을 쌓아 출가 후에는 배운 것을 토대로 자녀들을 직접 가르쳤다. 김만중의 어머니가 아들의 교재를 구입할 돈이 없어 베껴 주었다는 사실이 해평 윤씨의 학문 수준을 짐작케

한다.

　조선시대 사대부가의 어머니들은 총명하였고 지혜로웠다. 6, 7세가 되면 언문(諺文)을 익히고 언문소설을 읽었다. 그래서 글을 모르는 어른들이 부탁하는 편지도 써 드렸다. 효성이 지극하여 친정부모나 시부모 섬기기를 극진히 하였다.

　아들 교육에 있어서는 자상하면서도 엄격하였으니, 체벌까지 하였다. 가학(家學)을 지키며 가르쳤으니, 대부분 아버지가 벼슬하러 지방으로 떠난 집안을 어머니가 지켰던 것이다.

　시부모 섬기기를 극진히 하였으며 봉제사(奉祭祀) 접빈객(接賓客)에도 정성을 다 하였다. 남편과는 서로 섬기며, 동등한 관계의 아내로서 가정을 관리하였으며 심성이 후덕하여 가난한 이웃을 돕고, 베풀기를 잘 하였다. 또한 자기 개발과 자기 성취에 있어서도 한시 창작과 서예, 그리고 그림 그리기에도 뛰어난 지혜로운 어머니들이 많았다.

　마지막으로 현대 한국의 어머니들 가운데 필자가 존경하는 전혜성(全惠星) 박사를 소개하여, 스승으로서의 어머니의 모습을 요약해 보려 한다. 전박사는 여러 권의 책을 출판하였는데, 그중 『섬기는 부모가 자녀를 큰 사람으로 키운다』라는 저서에서 "진정한 리더가 되려면, 갖춰야할 7가지 요건"이 있다고 설명하였다.

　첫째, 뚜렷한 목적과 열정을 가르쳐라.
　둘째, 맡은 바를 충분히 다할 때 자기 완성도 이룬다.
　셋째, 일생에 걸쳐 정체성을 재정립시켜라.
　넷째, 덕이 재주를 앞서야 한다.

다섯째, 창의적인 통합력이 아이를 살린다.

여섯째, 역사적이고 세계적인 안목과 시야를 길러라.

일곱째, 진실한 마음을 얻는 대인관계의 힘을 경험하게 하라.

이와 같은 교육목표와 교육철학을 가지고 "자녀교육의 정답은 없다"고 말하면서 "Asian의 효도심(孝道心)이 지도자를 만든다."라고 말하였다. 조선시대의 가정교육이 지금도 유효함을 입증한 것이다.

전혜성 박사는 미국 예일대학교의 교수를 역임하였고, 현재도 동암문화연구소(East Rock Institute)의 이사장으로 큰 역할을 하고 있다.

전혜성 박사는 6남매(4남 2녀)를 두었는데, 모두 하버드대학교와 예일대학교를 졸업하였다. 마사추세츠주 보건후생부 장관을 지내고 현재 오바마 행정부의 보건복지부 차관을 지내는 아들, 의사로 활약하는 아들, 빌 클린턴 전 미국대통령 행정부에서 인권담당 차관보를 지내고 현재 오바마 대통령 법률고문으로 재직중인 아들, 화가이며 저술가로 활약하는 아들, 그리고 중앙대학교 자연과학대학 학장을 역임한 딸, 예일대학교 법대교수로 재직중인 딸이 모두 한국 어머니 식의 가정교육을 받아 성공한 것이다.

전혜성 박사는 "한국 부모님에게 배운 것을 서구 문화와 비교 연구하여 아이들에게 적용했을 뿐이다."라고 겸손하게 설명하였다. 6남매를 성장시키고 세계적인 인물로 탄생시킨 힘이 바로 한국의 전통적 어머니와 서양의 문화를 접목시켜 발전시킨 교육방법이라는 뜻이다. 전혜성 박사는 그 결실로 한국에서 "국무총리상"과 KBS가 주관하는 "해외동포상"을 수상하였다.

이와 같이 한국 어머니들이 오늘날 우리 자녀들에게 끼친 훌륭한 가르침은 세계 어느 나라에서도 찾아보기 어렵다.

　이 책의 번역문은 허경진 교수가 도와주었다. 이 책을 발간해 주신 보고사의 김홍국 사장님과 이경민 선생에게 깊이 감사드린다.

　이 글은 처음에 나의 두 아들과 며느리, 손자들에게 내가 못다 이룬 어머니의 역할을 들려주기 위해서 집필하기 시작했지만, 이렇게 아름다운 책으로 만들어지고 보니 한국의 젊은 어머니들에게도 권하고 싶다.

　이 책이 출판되는 것을 계기로 하여, 한국의 수많은 젊은이들이 자신의 어머니를 자랑스럽게 여기며, 수많은 행장이 지어지기를 기대해 본다.

2013년 4월

허미자

목차

이이(李珥)의 어머니

사임당 신씨 師任堂 申氏

율곡 이이의 어머니 사임당(師任堂) 신씨(申氏, 1504-1551)는 연산군 10년 10월 29일, 강원도 강릉대도호부 북평(北坪, 지금의 죽헌동)에서 평산 신씨 신명화(申命和, 1476-1522)의 둘째 딸로 태어났다. 신명화는 고려 태조의 충신이었던 장절공(壯節公) 숭겸(崇謙)의 18대손으로, 명망있는 가문의 선비였다. 사임당의 어머니는 용인 이씨 이사온(李思溫)의 딸이다.

신씨는 시임당(媤妊堂), 사임당(思任堂), 사임당(師妊堂), 임사재(妊思齋) 등의 호가 있었지만, 그 중에서 가장 널리 알려진 호가 사임당(師任堂)이다. 이것은 고대 주(周)나라 문왕의 어머니인 태임(太任)을 본받는다는 의미인데, 유가적 가치에 맞는 여성으로서의 본분을 잘 수행하고자 하는 뜻이 담겨 있다.

사임당은 19세 되던 해에 세 살 위인 덕수(德水) 이씨 이원수(李元秀, 1501-1561)와 결혼하였다. 남편은 고려시대의 중랑장(中郞將) 돈수(敦守)의 12대손이며, 일찍 아버지를 여의고 홀어머니 홍씨(洪氏)

강릉 오죽헌에 있는 이이(李珥, 1536-1584) 동상

밑에서 자랐다.

결혼 직후 사임당은 강릉을 떠나 서울 시댁으로 올라왔으나 친정 어머니의 병환 때문에 곧 다시 강릉으로 내려갔다. 친정아버지가 사위에게 부탁하여 사임당이 계속 친정에 머무를 수 있도록 한 것이다. 친정아버지가 돌아가시자 사임당은 친정에서 삼년상을 지냈고, 이후 10여년을 강릉과 봉평, 파주 등지를 옮겨 다니며 살았다.

지금 서울의 수송동과 청진동 일대인 시댁 수진방(壽進坊)에서 살때에는, 나이가 많아 집안일을 관리할 수 없는 시어머니 홍씨를 모시고 맏며느리의 역할을 다하였다. 남편이 집안일을 돌보지 못하는 상황에서, 사임당은 힘든 살림을 꿋꿋하게 혼자서 관리하였다.

사임당은 어려운 현실에서도 슬하에 둔 4남 3녀에게 아이들의 특성과 자질을 잘 파악해서 개성과 소질에 맞는 특수한 교육을 시켰다. 그 중 셋째 아들 율곡(栗谷) 이이(栗谷 李珥, 1536-1584)가 어려서부터 총명하고 뛰어났는데, 세살 때에 글을 읽을 수 있었고 16세 때에는 어머니 행장을 지었다. 과거 시험에서 아홉 번이나 수석 합격을 하여 '구도장원(九度壯元)'을 이루고, 40세가 되어서 호조판서(戶曹判書), 이조판서(吏曹判書), 형조판서(刑曹判書), 병조판서(兵曹判書)를 두루 지냈으며, 세계적인 성리학자가 되었다. 이는 어머니 신사임당의 교육의 결실이었다.

첫째 딸 매창(梅窓)도 어머니 사임당을 닮아 학식과 지혜가 뛰어났고, 시·서·화(詩·書·畵)에 능할 뿐만 아니라 바느질과 자수에도 솜씨가 뛰어났으며, 넷째 아들 역시 예술에 능했다.

남편이 수운판관(水運判官)으로 임명되었던 경술년(1550) 이듬해에, 사임당은 향년 48세로 세상을 떠났다. 율곡의 나이 16세였다.

사임당 신씨(師任堂 申氏, 1504-1551)

돌아가신 어머니 행장(先妣行狀) / 이이(李珥)

어린 시절부터 경전에 통달하시다

나의 어머님 이름은 아무개이니, 진사 신명화(申命和)공의 둘째따님이시다. 어린 시절부터 경전(經傳)에 통달하여 글을 지을 수 있었으며, 그림 그리고 글씨 쓰는 일도 잘 하셨다. 또 바느질에도 솜씨가 뛰어나고, 수(繡)놓는 일에 이르기까지 정묘한 기술을 갖추지 않은 게 없으셨다. 타고난 기질도 온유하고 단아하신데다 지조가 곧고 깨끗하시어, 행동하시는 모습이 한가롭고 고요했으며, 편안하고 자상하게 일을 처리하셨다. 말씀이 적고 행동을 삼가셨으며, 본인 스스로 겸손하셨으니, 이러한 이유로 신공(申公)께서 사랑스럽고 귀중하게 여기셨다. 성품 또한 순수하고 효성스러워 부모님이 병환이 드시면 얼굴빛에 반드시 근심을 띄시다가, 병환이 나으셔야 본래의 모습을 되찾으셨다.

소중한 딸, 며느리가 되다

우리 아버님에게 시집오시자 진사공(進士公)¹⁾께서 우리 아버님에게 이렇게 말씀하셨다.

"내가 딸이 많지만, 다른 딸이야 집에서 떠나 남에게 가더라도 내가 연연해하지 않았다. 그러나 네 아내는 내 곁에서 떠나게 할 수가 없다."

혼인한 지 오래지 않아 진사공께서 돌아가시자, 상사(喪事)를 마친 뒤에 신부(新婦)의 예로써 한양(漢陽)에 계시는 시어머니 홍씨(洪氏)를 찾아뵈었

---

1) 선조의 이름을 휘(諱)하기 위해 벼슬이나 호로 호칭했는데, 여기서는 진사에 합격한 외할아버지 신명화를 가리킨다.

오죽헌의 오른쪽 방이 율곡이 태어난 몽룡실이다

다. 몸을 함부로 움직이지 않으셨고, 말씀도 함부로 하지 않으셨다. 어느날 친척들이 모여 잔치를 베풀었는데, 여자 손님들까지도 모두 떠들썩하게 말하며 웃어댔지만, 우리 어머님은 그 가운데서 입을 다물고 계셨다. 그러자 시어머니 홍씨께서 손짓하며 물으셨다.

"새 며느리는 왜 말하지 않는가?"

어머님께서 꿇어앉고 말씀하셨다.

"여자로서 문 밖에 나간 적이 없으니, 보고들은 게 없습니다. 그러니 무슨 할 말이 있겠습니까?"

이 말을 듣자, 앉아 있던 사람들이 모두 부끄럽게 여겼다.

그 뒤에 어머님께서 강릉 친정으로 외할머니를 뵈러 가셨는데, 돌아올 때에 친정어머니와 울며 헤어지셨다. 행차가 대관령 중턱쯤 되는 곳에 이르자, 외할머니가 계시는 강릉 북평(北坪)을 바라보시며 어머님 생각이 흰구

름처럼 뭉게뭉게 솟아오르는 정을 이기지 못하셨다. 네 마리 말이 끄는 수레를 오랫동안 멈추게 하고 슬픔에 겨워 눈물을 줄줄 흘리시고는, 시 한 수를 지으셨다.

> 백발 어머님은 강릉에 계시는데
> 이 몸은 서울 향해 홀로 가는구나.
> 머리 돌려 북평을 잠시 바라보니
> 날 저문 푸른 산에 흰 구름 내리는구나.
>
> 慈親鶴髮在臨瀛。身向長安獨去情。
> 回首北村時一望。白雲飛下暮山青。

맏며느리의 역할을 맡으시고

한양에 도착해 수진방(壽進坊)에 사셨는데, 그때 시어머니 홍씨는 연로하셔서[2] 집안일을 돌보실 수가 없었다. 어머님께선 그제서야 맏며느리의 역할을 맡으셨다. 아버님께선 뜻이 크고 기개가 높아 집안 살림을 꾸리는 일은 하지 않으셔서 살림 비용이 나올 데가 없었는데, 어머님께서 아껴 쓰셨으므로 웃어른을 섬기고 아랫사람들을 키울 수 있었다. 모든 일을 혼자서 처리하지 않고, 시어머니께 아뢰고 난 뒤에 하셨다. 시어머니 홍씨 앞에서는 희첩(姬妾)[3]에게 꾸짖은 적이 없었으며, 말씀마다 온화하고 얼굴빛도 언제나 화평하셨다. 아버님께서 어쩌다 실수하시면 반드시 올바르게 충고하셨고, 아들딸에게 허물이 있으면 타이르셨다. 주변에 모시는 사람들이 죄를 지으면 책임을 물으셨으니, 남녀 종들이 모두 공경스럽게 받들었고 그들의

---

2) 이때가 신축년(1541)이다. (원주)
3) 시비(侍婢)를 모두 희첩(姬妾)이라 하였다. (원주)

환심도 살 수 있었다.

하늘에서 타고난 어머니의 효심

어머님은 평상시에도 늘 강릉의 친정어머니를 그리워하셨다. 깊은 밤 사람들의 소리가 끊긴 고요한 시간에는 반드시 눈물을 흘리셨으며, 이따금 새벽까지 잠드시지 못하곤 하셨다. 하루는 친척 어르신인 심공(沈公)께서 여종을 데리고 와 거문고를 타게 하셨는데, 어머님이 거문고 소리를 들으시자 눈물을 흘리며 말씀하셨다.

"거문고 소리에 가슴속의 응어리가 느껴지는구나."

자리에 있던 사람들이 서글프게 여겼지만, 그 뜻을 깨닫는 사람은 없었다.

또 전에 어버이를 그리워하는 시를 지으셨는데, 그 한 구절에

밤마다 달을 향해 기도 올리니
생전에 뵙게 되기를 바라나이다.

夜夜祈向月。願得見生前。

라고 하셨으니, 그분의 효성스런 마음은 하늘에서 타고난 것이었다.

유기그릇이 붉은 빛을 띠던 날

어머님께서는 홍치(弘治) 갑자년(1504) 10월 29일에 강릉에서 태어나 가정(嘉靖) 임오년(1522)에 아버님에게 시집오셨다. 갑신년(1524)에 한양으로 오셨지만, 그 뒤에도 더러는 강릉으로 돌아가셨으며, 더러는 봉평(蓬坪)4)에

파주 자운서원 뒤에 사임당 신씨 부부의 합장 묘가 있는데, 비석 오른쪽에 남편 이원수(시헌부 감찰 이공), 왼쪽에 아내 사임당(정경부인 평산 신씨) 이름이 새겨져 있다.

도 사셨다. 신축년(1541)에 한양으로 돌아오셨는데, 경술년(1550) 여름에 아버님께서 수운판관(水運判官, 종5품)에 임명되시자 신해년(1551) 봄에 삼청동의 임시 거처로 이사하셨다.

그해 여름에 아버님께서 조운(漕運)의 임무 때문에 평안도로 가게 되시자, 아들인 선(璿)과 이(珥)가 모시고 따라갔다. 이 무렵 어머님께서 물길을 통해 편지를 보내주셨는데, 반드시 눈물을 흘리며 편지를 쓰셨지만 남들은 그 뜻을 알지 못했다.

아버님께서 5월에 조운(漕運)의 임무를 마치고 배를 타고 서울로 향하셨

4) 지명이다. (원주)

는데, 미처 이르기 전에 어머님께서 병이 드셨다. 겨우 이삼일 동안 자식들에게 간단한 말씀만 하셨는데, "내가 일어나지 못하겠다"고 하셨다. 밤이 되자 평상시처럼 평안히 주무시기에 여러 자식들은 병환이 차도가 있는 것으로 생각했지만, 17일 새벽에 편안히 돌아가셨다. 향년 48세였다.

그날 아버님께서 서강(西江)에 이르셨는데,5) 행장(行裝) 속에 있던 유기 그릇이 모두 붉은 빛을 띠어서 사람들이 모두 이상하게 여겼다. 그러다가 곧바로 어머님의 상사(喪事) 소식을 들었다.

화가 어머니

어머님은 평시에 수묵화(水墨畵) 솜씨가 여느 사람들과 다르셨다. 7세 때부터 안견(安堅)의 그림을 본받아 산수도(山水圖)를 그리셨는데, 아주 오묘하였다. 또 포도도 그렸는데, 세상에서 흉내 낼 사람이 없었다. 어머님께서 만드셨던 병풍이나 족자가 널리 세상에 전해지고 있다.

소년 율곡은 어머니를 잃은 슬픔 속에서도, 어머니 사임당의 부덕과 효심, 학식과 예술인으로서의 재능을 빠짐없이 기록하였다. 사임당은 이미 7세 때 유명한 화가 안견(安堅)의 산수화를 앞에 놓고 그림 연습을 하였으며, 결혼하기 전에는 학자인 아버지에게서 일찍부터 교육을 받아, 유교의 경전을 배우고, 『내훈(內訓)』, 『여범(女範)』, 『열녀전(烈女傳)』, 『명심보감(明心寶鑑)』, 『소학(小學)』 등을 읽으면서 당시 여성이 갖추어야 할 여러 가지 학식과 교양을 길렀다.

---

5) 나도 모시고 함께 도착했다. (원주)

이 때문에 사임당이 이따금 강릉에 홀로 사는 친정어머니를 뵙고 뒤돌아 나서며 무거운 발걸음을 옮길 때마다, 서울로 가는 길에 대관령을 넘으면서 〈대관령을 넘으며 친정을 바라보다(踰大關嶺 望親庭)〉, 〈어머니를 생각하며(思親)〉, 〈낙귀(落句)〉 등, 어머니에 대한 남다른 효성심과 애절한 심경이 꾸밈없이 나타난 시를 지을 수 있었고, 아들 율곡이 이를 〈선비행장(先妣行狀)〉에 남길 수 있었던 것이다.

당시 어떤 이들은 사임당의 온아한 천품과 예술적 자질조차도 모두 태임의 덕을 배우고 본뜬 데서 이루어진 것이라고 평가하였다. 그것은 이이와 같은 대정치가요 대학자를 길러낸 훌륭한 어머니로서의 위치를 크게 고려했기 때문이다. 그런데 이는 한편으로, 여성의 재능이 사회적으로 널리 알려지는 것이 성리학적 질서에 어긋나는 것이라는 관점에서 사임당의 재능에 대한 논란거리를 불식시키고자 하였던 움직임과 관련이 있다.

'율곡의 어머니'로서만이 아니라 화가로도 유명했던 사임당의 산수화에는 소세양(蘇世讓, 1486~1562), 이경석(李景奭, 1595~1671) 등의 제발(題跋)이 붙어 있으며, 어숙권은 신사임당이 안견(安堅) 다음가는 화가라고 평가할 정도였다.

사임당의 그림은 아들 율곡의 학문이 인정받는 속도에 비례하여 더 높이 평가받았는데, 조선후기 이백년 동안 노론정권이 자리잡게 이론적 바탕을 만들어 준 우암 송시열은 사임당의 난초 그림 뒤에 이렇게 발문을 썼다.

"이 그림은 고 찬성(贊成) 이공(李公)의 부인 신씨가 그린 것인데, 손가락에서 나타난 것이 혼연히 하늘 재주를 이루었으니, 사람의 힘

〈초충도(草蟲圖)〉(국립중앙박물관 소장)

으로는 이같이 할 수 없다. 하물며 오행의 정수를 얻고 원기의 융화를
모아서 참으로 조화를 이루었음에랴. 이 부인이 율곡선생을 낳은 것
도 마땅하도다. [此故贈贊成李公夫人申氏之所作也。其見於指下
者。猶能渾然天成。若不犯人力也如此。況得五行之精秀。會元
氣之融和。以成眞造化哉。宜其生栗谷先生也。]

　　그러나 17세기 중반 이후 그의 예술적 성취보다는 조선 성리학의 영수 이율곡의 어머니로서의 면모가 강조되면서 신사임당의 초충도(草蟲圖)에 대한 관심이 두드러진 측면이 있다. 초충도에 등장하는 각종 초목과 벌레 등이 문왕(文王)의 왕비인 후비(后妃)와 제후의 부인들이 지었다는 『시경(詩經)』에 수록된 시의 소재와 같아 부덕을 드러낸 것으로 평가했기 때문이다. 신사임당의 작품을 둘러싼 이러한 담론 형성의 과정은 어쨌거나 그의 재능이 당대의 문제작이 될 만큼 뛰어났다는 사실을 보여준다.

　　위의 작품은 여덟 폭 병풍의 초충도 중 하나이다. 수박 및 생쥐와 나비 등의 표현에서 섬세한 필선, 선명한 색채, 안정된 구도를 보여준다. 이러한 초충도 가운데 신사임당의 작품이라고 전해지는 것이 많으며, 후대에 자수본(刺繡本)으로 많이 이용되었다.

　　국립중앙박물관에 소장된 아래 산수화 제1폭에는 당나라 시인 맹호연(孟浩然)의 오언절구 〈숙건덕강(宿建德江)〉, 즉 〈건덕강에서 묵으며〉라는 제화시(題畵詩)가 씌어져 있다.

> 배 저어 안개 낀 물가에 대어놓으니
> 날 저물어 나그네 수심 새롭구나.
> 들판이 넓어 하늘이 나무 끝에 닿을 듯하고
> 강물이 맑아 달이 나그네 손에 잡힐 듯하네.
> **移舟泊煙渚。日暮客愁新。**
> **野曠天低樹。江淸月近人。**

맹호연의 시를 읽다가 이 시가 마음에 들어, 황혼 무렵에 배에서

사임당 산수도 2점

내리는 사람의 스산한 마음을 그림에 묘사한 것이다. 제2폭에는 당나
라 시인 이백의 오언 율시 〈송장사인지강동(送張舍人之江東)〉, 즉 〈장
사인을 강동으로 보내며〉라는 시를 보고, 그에 어울리는 그림을 그렸
으며, 함련 3구와 4구, 경련 6구와 7구를 왼편 상단에 화제로 썼다.

맑은 하늘에 외기러기 멀리 날고
넓은 바다에 외로운 돛단배 천천히 가네.
밝은 해가 저물어 가니
거센 파도 아득해 돌아올 기약 없구나.

天清一雁遠。海闊孤帆遲。
白日行欲暮。滄波杳難期。

이렇듯 신사임당은 성리학적 질서에서 요구하는 여성의 전형이 아니라, 엄격한 사회규범 속에서 여성으로서 자기 개발과 자기실현을 한 자주적 면모를 지닌 인물이었으며, 아들 율곡은 이러한 어머니에 대한 자부심을 행장을 통해서 드러냈다.

출가 후에도 친정부모를 봉양하며 딸의 도리를 다하고, 가부장적 사회에서 여성에게 부여된 고된 의무들을 수행하면서도 자신의 재능을 피워냈던 예술가이자 자녀들의 엄격한 교육자, 어진 어머니로서의 사임당의 삶 자체야 말로 이율곡에게 가장 귀중한 평생의 스승이 되었다.

오늘날에도 신사임당을 기리며 자녀교육과 자아실현을 충실히 실천하고 있는 여성들이 있어 "신사임당 상"을 받은 어머니도 적지 않다.

필자가 알고 있는 임인진(林仁鎭)여사도 이 상을 받았다. 그는 4남매를 정성으로 길러 훌륭한 교수와 의사로 성공시켰고, 자신도 시인으로 활약하고 있다.

요즘 많은 어머니들이 신사임당의 전통적 맥락을 이어 자아실현과 자녀교육에 훌륭한 스승의 역할을 다하고 있다.

안정복(安鼎福)의 어머니
전주 이씨 全州 李氏

　조선후기 실학자로 널리 알려진 안정복(1712–1791)의 본관은 광주(廣州)이며, 자는 백순(白順), 호는 순암(順菴)·한상병은(漢山病隱)·우이자(虞夷子)·상헌(橡軒)이다. 예조참의 서우(瑞羽)의 손자이고, 오위도총부부총관(五衛都摠府副摠官) 극(極)의 아들이며, 어머니는 이익령(李益齡)의 딸이다.

　안정복(安鼎福)의 어머니는 효령대군(孝寧大君) 정효공(靖孝公) 이보(李補)의 후손으로 왕가에서 태어났다. 할아버지는 성균관 진사 이영한(李榮漢)으로 문장과 글씨에 뛰어났으며, 품성이 고상하였다. 친정아버지인 이익령(李益齡)은 성품이 너그럽고 온화하며 베풀기를 좋아하였는데, 덕을 숨기고 벼슬을 하지 않았다. 친정어머니는 첨지, 중추부사 심유준(沈儒俊)의 딸이다. 성품이 깊고 두터워 부덕(婦德)을 갖추었으며 사리에 밝았다.

　1717년(숙종43년) 외할머니가 돌아가시자 어머니는 외가인 영광(靈光) 월산(月山)의 농장에서 생활하다가 1719년 할아버지가 서울에서

안정복(安鼎福, 1712~1791)

벼슬을 하게 됨에 따라 남대문 밖 남정동(藍井洞)으로 돌아오게 된 후에 1721년 10세 때에 처음으로 학문을 시작하였고, 『소학』에 입문할 수 있었다. 안정복은 일정한 스승이 없이 친가나 외가의 친척들로부터 학문을 배웠으며 가학(家學)으로 공부를 했다. 어머니로부터 역사를 많이 배웠으니, 결국 어머니의 영향으로 학문의 바탕이 갖추어 졌다고 볼 수 있다.

그는 이후 역사적 현실을 실증적으로 적립하고 정신적인 정통성을 확립하기 위하여 노력하였다. 안정복은 어려서부터 경학(經學)은 물론 역사, 천문, 지리, 의약 등 학문의 깊은 경지에 달하였다. 1749년 처음으로 만령전참봉(萬寧殿參奉)에 부임한 이후, 감찰, 익위사익찬(翊衛司翊贊)을 역임하였고 65세에 목천현감(木川縣監)을 지냈다. 70세 이후에 받은 동경대부, 가선대부 등은 예우에 지나지 않았다. 80세의 나이로 세상을 떠날 때까지 선비로서 후진 양성과 저술활동으로 소일했다.

그는 단군조선으로부터 고려 말까지의 역사책 『동사강목(東史綱目)』을 지었고, 계속해서 『하학지남(下學指南)』, 『열조통기(列朝通紀)』, 『임관정요(臨官政要)』, 『계갑일록(癸甲日錄)』, 『가례집해(家禮集解)』 등 많은 저작을 하였다.

이렇듯, 훌륭한 학자를 낳고 기른 안정복의 어머니 이씨는 숙종 갑술년(1694년) 윤5월 6일에 서울에서 태어났다. 선천적으로 총명하여 첫 돌이 지날 무렵부터 말을 잘하고, 숫자 놀이를 즐겨 했다고 한다.

여섯 살 때에 이미 언문을 잘 알았고, 일곱 여덟 살에는 어른 대신 편지를 지을 정도였으며, 여공(女工)에도 능숙하였다고 전해진다. 아

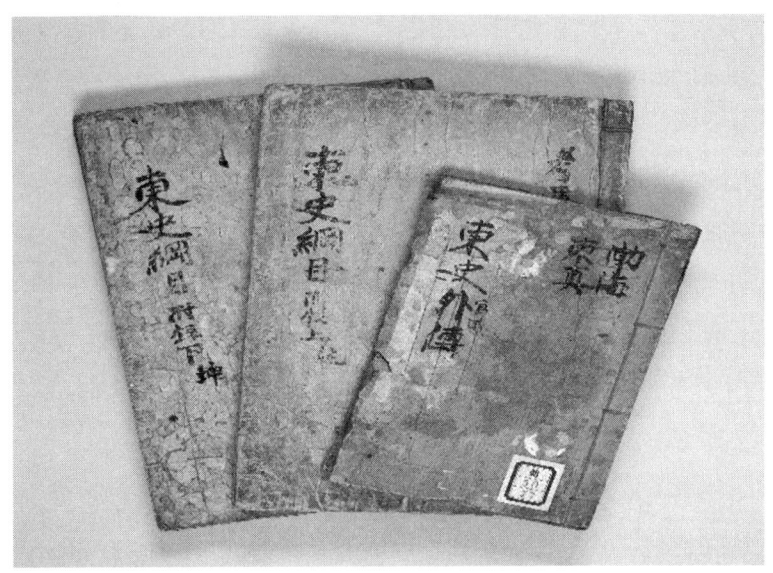

『동사강목(東史綱目)』

先姓李氏系出 璿源。 獻陵別子孝寧大君靖孝
公諱補之後大君生寶城君諱客寶城生栗原君敬
愼功臣桓襄公諱懌栗原生呂陽君寶呂陽生
龍岡縣令 贈吏曹參議諱撲泰議無子以兄遂安郡守
諱檜子奎寶爲後官昌寧縣監。 贈戶曹參判祭祖
先姓爲高祖諱尚元禁府都事祖諱鎣漢成均
進士奎寶文善書有高行考諱蓝齡性寬和好施興隱
德不仕姓青松沈氏僉樞諱儒俊之女同敦寧諱逄
源之後姓通沉厚婦德克備先姓以 肅廟甲戌閏
五月初六日壬申辰時生于漢城票質明秀聰悟甫
晬能言見僮婢對枋計數以相戲先姓效之曰一至
十歷數不差傍人以爲偶然累試如初六歲通國音
諺文七八歲工精巧贍敏無人九歲丁外王考憂哀毁瑜節
護喪者以其年幼不觉衰先姓戀先君八門以後
如禮觀者無不感歎年十七歸于戒先君八門以後
承事舅姑國或有違昧奠監橑必供晨善如値不安

順菴集 ❈ 卷二十五   二十一 ❈

안정복의 문집 『순암집(順菴集)』에 실린 어머니 이야기

홉 살 때 외할아버지가 돌아가셨는데 몹시 슬퍼하였다. 어린 나이에
도 상복을 입고 싶다하여 지어 입혔는데 조석으로 곡(哭)하는데 참여
하여 예법을 지켜 모든 사람들이 탄복하였다고 한다.

이씨는 17세에 결혼하였다. 어린 나이에도 시부모 섬기기에 최선
을 다 하였다. 새벽부터 몸을 단정히 하고 시부모께 새벽에 음식을
올렸다. 시부모 병환일 때도 온 정성을 다하여 봉양하였다. 시아버
지는 이씨의 성실함과 뛰어난 능력을 인정하여 집안의 대소사를 이
씨와 의논하고, 심지어는 벼슬에 나아가고 물러나는 일까지도 이씨
의 의견을 참작하였다.

엄격한 시어머니도 "나는 네가 이렇게까지 효도할 줄은 몰랐다."
고 칭찬의 말을 아끼지 않았다. 넉넉하지 못한 살림살이에도 베풀기
를 좋아하여, 이씨는 시아버지를 찾아온 손님들에게 최선을 다하여
모셨고, 아들 친구들이 찾아왔을 때에도 넉넉하게 음식을 대접했다.

자녀들을 사랑하고 귀하게 여겼지만 어릴 때부터 의리와 도리에
대하여 엄격하게 가르쳤는데, 자신의 이익을 위하여 욕심내는 것을
용납하지 않았다. 집안에서의 교육도 실천적인 가정교육을 시켰다.

인정이 많아 이웃에 어려운 사람이 있으면 최선을 다해 도와주었
고, 저녁 지을 쌀이 없어도 이웃의 어려운 사람을 도와주는 것을 즐
겨했다. 그리고 성품이 청렴결백해서 남의 도움을 받지 않았다. 재
물을 잘 늘리는 것도 직분에 어긋난다고 하여, 여자들은 오직 부녀
자의 행할 도리를 다하며 가정 관리를 잘하고 봉제사 접빈객을 잘
해야 한다고 가르쳤다.

이씨는 학문을 배우지는 못하였으나 남보다 총명하여 어릴 때부
터 사적(事蹟) 보기를 좋아했다. 중국의 상고시대부터 명나라 때까

지, 우리나라의 고려 말부터 근세까지의 역사를 통달하였고, 정치와
인물에 관하여서도 잘 알고 있었다. 소설의 허구성에 대하여도 비평
하고 소설의 실재성이 부족하다고 평하기도 했다. 이처럼 이씨는 문
학비평의 감각도 뛰어났다. 또한, 이씨는 부녀자들이 질투와 시기심
이 없어야 한다고 가르쳤고, 사치에 대해서도 비난하였다.

이씨는 본래 기품이 강건하여 병이 없었으나 출산으로 말미암아
병약해졌다.

그러나 명은 천명(天命)으로 믿었다. 그리고 위독할 때에도 약으로
연명할 수 없다하여 약을 거부하고, 정해년(1767) 윤 7월 1일에 이질
병에 걸려 8월 5일에 돌아갔다. 수명은 하늘의 뜻이지만 이씨는 죽
음을 초월하여 초연하게 돌아갔다. 이씨는 고명한 식견과 진실한 품
성으로 훌륭한 아들 실학자 안정복을 탄생시킨 어머니이다.

돌아가신 어머니 공인 이씨 행장

(先妣恭人李氏行狀) / 안정복(安鼎福)

어머니의 친정

우리 어머니 이씨는 왕가에서 태어났으니, 태조의 후궁이 낳은 아들 효령
대군(孝寧大君) 정효공(靖孝公) 이보(李補)의 후손이다. (줄임) 할아버지는
이영한(李榮漢)으로 성균관 진사인데, 문장을 잘 짓고 글씨를 잘 썼으며, 품
행이 고상하셨다. 아버지는 이익령(李益齡)으로 성품이 너그럽고 온화하며

베풀기를 좋아하셨는데, 덕을 숨기고 벼슬하지 않으셨다. 어머니는 청송 심 씨로 첨지중추부사 심유준(沈儒俊)의 따님이자 동지돈녕부사 심봉원(沈逢源)의 후손으로 사리에 통달하고 성품이 깊고 두터워 부덕(婦德)을 두루 갖추셨다.

남다르게 총명하신 어머니

어머니는 숙종 갑술년(1694) 윤5월 6일 진시(辰時)에 서울에서 태어나셨다. 타고난 자질이 총명하고 영리해, 겨우 첫 돌이 지날 무렵부터 말을 잘하셨다. 여종 둘이 마주서서 절구질할 때 숫자를 세며 노는 것을 보고 어머니께서도 그대로 따라하셨는데, 하나에서 열까지 차례로 틀리지 않게 세셨다. 옆에 있던 사람이 우연이라고 생각해 여러 번 시켜 보았지만, 처음과 똑같이 하셨다.

여섯 살 때 우리 말을 적은 언문을 환히 아셨고, 일곱, 여덟 살에는 어른 대신 편지를 쓰셨는데. 안부뿐 아니라 느낀 바를 말하고 일을 서술한 것이 저마다 격식에 맞았다. 여자들이 하는 일도 남들보다 갑절이나 정교하고 재빠르게 하셨다.

아홉 살 때에 외할아버지 상을 당하였는데, 지나치게 슬퍼하셨다. 초상 치르는 일을 맡은 자가 어머니의 나이가 어리다고 상복을 지어주지 않았더니, 어머니께서 상복을 지어달라고 간청해 입고는 아침저녁으로 곡(哭)에 참여하기를 예법대로 하였다. 그래서 보는 이들이 모두 감탄했다.

정성껏 시부모를 섬기시다

열일곱에 시집오셨는데, 우리 집안에 들어오신 뒤로 시부모를 섬기는 일에 조금도 잘못이 없었다. 동틀 무렵에 세수하고 머리를 빗었으며, 반드시 새벽에 음식을 올렸다. 시부모가 편찮으실 때는 손수 약을 달이고 음식을 직접 지었으며, 곁에서 밤낮 보살피다가, 병이 나으신 뒤에야 예전 모습으로 돌아가셨다.

할아버지께서는 어머니의 재주와 기량을 훌륭하게 여겨, 큰일이든 작은 일이든 모두 상의하셨다. 벼슬에 나아가고 물러나는 일은 부인들이 알 만한 일이 아닌데도 반드시 물으셨다.

할머니는 성격이 본시 엄하셔서 좀처럼 남을 칭찬하지 않으셨는데, 어머니는 매우 힘써 효도하고 공경했으며, 시종 게으르지 않았다. 할머니께서 병석에 누워 계시며 대소변을 받아내게 하셨는데, 어머니는 속옷을 직접 빨면서도 추한 것을 남들에게 안 보이셨다. 할머니께서도 어머니의 이런 성의에 감동해, "나는 네가 이렇게까지 효도할 줄은 몰랐다"고 하셨다.

살림이 본디 넉넉지 못한데다 아버지께서 손님 들이는 것과 남에게 베푸는 것을 좋아하셨는데도, 어머니는 반드시 (아버지의) 뜻을 받들어 따를 뿐, 꺼리거나 어려워하는 빛을 보이지 않으셨다. 불초의 친구들이 찾아왔을 때에도 반드시 음식을 대접하며 이렇게 말씀하셨다.

"옛날에 어떤 부인은 머리털을 잘라 술과 안주를 마련하고, 앉는 자리를 썰어 말에게 먹이기까지 하면서 아들의 친구들을 대접했다. 나는 그 부인을 흠모한다."

의리와 이익을 분별하게 가르치시다

자녀들을 몹시 사랑하고 소중하게 여기셨지만, 어릴 때부터 올바른 도리로 엄격하게 가르치셨다. 의리와 이익의 분별을 삼가도록, 이렇게 가르치셨다.

"대체로 이기심은 가르치지 않아도 사람들이 모두 잘 안다. 그런데 부모 된 사람이 이익으로 유도해 욕심만 키워 준다면, 그 폐단이 얼마나 커지겠는가?"

그래서 불초의 형제들은 자기 몫으로 쌓아둔 재물이 없었다. (줄임)

여자가 재물을 잘 늘린다고 이름나면 안 된다

무주(茂朱)에서 이사 올 때는 마을의 할머니 몇 분이 떠나는 어머니의 손을 붙잡고 차마 헤어지지 못해 한없이 눈물을 흘렸다. 온정과 위엄을 함께 보이며 종들을 거느리셨고, 그들의 굶주림과 추위를 염려해 주셨으므로, 모두 두려워하며 복종했다. 이웃에 양식이 떨어져 몹시 어려운 사람이 있으면 힘닿는 데까지 도와 주셨는데, 저녁 지을 쌀을 모두 털어 주시면서도 아까워하지 않으셨다. 그러나 성품이 청렴결백하셔서 남에게 아무것도 요구하지 않으셨으니, 채소나 과일같이 하찮은 물건도 함부로 받지 않으셨다. 그래서 사람들이 의롭지 않은 재물을 가지고 와서 (아쉬운 일을) 간청한 적이 없었다.

이익을 탐내 의리를 잊고 세상 권력에 빌붙는 사람이 있다는 말을 들으시면, 마치 당신이 더러워진 듯 부끄러워하셨다. 어느 집 여자가 이자놀이하는 것을 보고 배척하며 경계해, 이렇게 말씀하셨다.

"부녀자의 행실은 잘하든 못하든 오직 술과 음식 만드는데 힘써야 한다. 만일 재물을 잘 늘린다고 이름나면 어찌 규중 부녀자의 좋은 소문이라고 하겠느냐?"

진실된 글을 읽어라

우리나라 풍속에는 본디 부녀자들이 학문을 배우지 못하도록 했기 때문에, 어머니도 문자를 배우지 않으셨다. 그러나 남보다 총명하셔서 어릴 때부터 사적(事蹟) 보기를 좋아하셨다. 그래서 중국의 상고시대부터 명나라 때까지, 우리나라의 고려 말부터 근세까지 나라가 잘 다스려지고 못 다스려지는 것, 사람의 현명하고 어리석은 것에 대해 모두 환히 아셨다.

언문소설은 그 종류가 무려 수백 가지나 되는 것을 한번 보면 모두 기억해, 평생 잊지 않으셨다. 그러나 만년에 늘 이렇게 말씀하셨다.

"소설은 모두 거짓으로 이야기를 꾸며낸 것이어서, 진실이 없다. 또한 사람들의 마음을 사악한데 빠지게 할 만하니, 볼 것이 아니다."

질투와 시기가 가장 나쁘다

며느리와 딸들에게는 이렇게 경계하셨다.

"부인의 나쁜 덕 가운데 질투와 시기가 으뜸이다. 그런 마음으로는 못하는 짓이 없어서 끝내 남편에게 누를 끼치니, 삼가지 않을 수 있겠느냐?"

검소한 것을 편하게 여기셔서, 옷을 입을 때에 언제나 성한 것과 깨끗한 것만 고르시며 이렇게 말씀하셨다.

"지금 여인들의 의복은 좁은 소매에 옅은 녹색을 입혔는데, 시대의 유행이라 해도 이런 옷은 좋지 못하니 따를 게 아니다." (줄임)

목숨을 약으로 연장하랴

어머니께선 본디 기품이 강건하셔서 병이 없으셨는데, 여러 차례 아이를

경기도 광주시에 있는 전주 이씨의 묘

낳고 조리를 제대로 하지 못해 중년 이후에 늘 병에 걸리셨다. 무진년(1748) 겨울에 눈앞이 캄캄하고 어지러워지는 증세가 생겨 약으로 치료했으나 별 효험이 없어, 20년 동안 이어졌다. 그러다가 정해년(1767) 윤7월 1일에 우연히 이질에 걸려 8월 5일 묘시에 돌아가셨다.

열네 살 때인 정해년(1707)에 홍역으로 열이 솟아 혼절하셨는데, 어떤 사람이 큰 소리로 "이 아이는 훗날 정해년에 죽을 것이다"라고 말하는듯한 소리를 듣고 얼마 안 되어 깨어나셨다.

무신년(1728) 겨울에는 꿈에 귀신이 나타나 사람 수명의 길고 짧음을 말하는 것을 보고 "내 수명이 얼마인가" 물으셨다. 귀신이 '74세'라고 대답했다는 말씀을 듣고, 그때 어머니의 연세가 젊어 앞날이 매우 먼 데다 세상 사람들이 70세를 희수(稀壽)라 하기 때문에 나는 몹시 기뻤다. 그러나 세월이 물같이 흘러 정해년이 차츰 가까워지자 걱정스럽고 두려운 마음이 밤낮 끊이지 않다가 결국 이 해에 돌아가셨으니, 사람의 수명은 과연 미리 정해진 것이었던가.

위독하실 때에 약을 지어 올리자 손을 저어 말리시며, 이렇게 말씀하셨다. "목숨은 약으로 연장할 수 없다. 내 수명이 이미 만족스러운데 어찌 약을 먹겠느냐?"

이때 송파 이모님이 오셔서 병을 보살폈는데, 어머니께서 기력이 몹시 약해지셨지만 정신은 맑아 간혹 이야기하며 웃고 농담을 곁들이셨다. 죽음을 슬퍼하는 뜻은 조금도 없으셨다. 어머니께선 어릴 때부터 천성이 여느 사람들보다 훨씬 뛰어나 세속 부녀자같이 자잘하고 좁은 습성이 없으셨으며, 고명한 식견과 정직한 품행과 옛날 여사(女士)의 기풍을 갖추셨기 때문에 죽음을 맞으실 때에도 이같이 조용하셨다.

안정복은 어머니의 고명한 식견과 정직한 품행을 높이 흠모하며, 옛날 여사(女士)의 기풍을 갖추셨기 때문에 임종의 순간까지 조용하셨다고 기억한다. 이씨에 대한 안정복의 사랑과 존경은 이씨 자신이 의리와 도리를 지키며 욕심을 버리도록 엄격히 교육하고 솔선하였기 때문이었다.

특히 역사공부에 집중적으로 지도하여 후에 아들 안정복이 유명한 저서 『동사강목』을 비롯하여 여러 권의 책을 저술할 수 있었던 것은 모두가 가학을 근본으로 한 것이었다. 높은 식견과 진실한 품성으로 훌륭한 실학자 안정복을 탄생시킨 어머니인 것이다.

우리나라의 『효행실록(孝行實錄)』을 보면 현대 어머니들도 전통의

맥락을 이어 가장(家長)의 역할과 며느리의 역할, 그리고 어머니의
역할을 충실히 한 어머니를 많이 볼 수 있다. 도(道) 소재지 마다 모
범적인 어머니들의 공적을 기리고 포상도 하고 있다. 이 사례들을
보면, 조선시대의 전통사회의 맥락을 이어 오늘 날에도 안정복의 어
머니와 같은 어머니의 역할을 실천하고 있음을 알 수 있다.

심육(沈錥)의 어머니
정경부인 이씨 貞敬夫人 李氏

심육(沈錥, 1685-1753)은 조선 후기의 문신으로 본관은 청송(靑松)이다. 자는 화보(和甫)·언화(彦和)이며 호는 저촌(樗村)·저헌(樗軒)이다. 할아버지는 응교(應敎)를 지낸 심유(沈濡)이며 아버지는 심수현(沈壽賢, 1663-1736)이다.

심육의 어머니는 전의(全義) 이씨(李氏)로 이만겸(李萬謙, 1640-?)의 딸이다. 이씨는 14세 어린 나이에 뒷날 영의정을 지낸 심수현에게 시집갔다. 이씨는 용모가 단정하고 행동 하나하나가 침착하며 대범하였다. 영특하여 언문 소설을 잘 읽어 외워 썼다. 어린 나이에도 집안의 모든 대소사를 맏동서와 의논하며 집안일을 잘 관리하였으며 종들에게도 후덕하게 베풀며 매사에 겸손하였다.

성품이 어질고 인자하여 서모에게서 태어난 시동생들도 잘 기르며 정성스럽고 사랑이 지극하게 함으로 증조부로부터 사랑을 많이 받았다. 많은 시댁 식구들의 화합을 위하여 최선을 다하는 며느리로 친척들의 칭송을 받았다. 서증조모(庶曾祖母) 선씨(宣氏)도 최선을 다

경기도 파주에 있는 심육의 묘

하여 봉양하였다. 이씨는 맏동서가 친정에 가서 지낼 때도 혼자서 가난한 살림살이를 맡아 지혜롭고 정직하게 관리하였다.

그러나 이씨는 심육이 14세의 어린 나이에 세상을 떠나, 심육은 어머니에 대한 기억이 많지 않았다. 고모님에게 들은 어머니에 대한 이야기를 절절히 옮기며, 심육은 〈정경부인에 추증된 어머니 이씨의 유사(先妣贈貞敬夫人李氏遺事)〉에서 젊은 나이에 돌아가신 어머님에 대한 애통한 심경을 다음과 같이 적었다.

"어머니께서는 갑진년[1664] 윤6월 15일 사시에 태어나서 무인년 [1698] 11월 16일에 돌아가셨으니 겨우 35세였다. 그때 불초는 겨우 열네 살이었고, (뒷날) 정씨에게 시집간 누이동생은 일곱 살, 홍씨에 게 시집간 누이동생은 아직 어미 품을 떠나지 않은 세 살이었다. 아 아, 애통하다!"

심육은 어린 나이에 어머니를 여의었지만, 어머니의 단정한 모습과 엄숙하며 도리를 다하는 것을 어렴풋이나마 기억했다. 고모님께 전해 듣게 된 어머님에 대한 이야기를 기록하여 다음과 같이 어머니의 행장을 남겼다.

정경부인에 추증된 어머니 이씨의 이야기
(先妣贈貞敬夫人李氏遺事) / 심육(沈錥)

고모님이 들려주신 어머니 이야기

고모님이 내게 (우리 어머니에 대해) 이렇게 가르쳐 주셨다.

"올케 언니는 겨우 14세에 우리 집에 시집왔는데, 말씨와 용모가 단정했다. 행동거지도 침착하고, 시부모를 친정부모같이 섬겼다. 그때 증조부님이 건강하셨는데, 올케언니를 각별히 사랑하고 귀중히 여기셨다. 올케언니가 뵐 때마다 손을 잡으시고, '우리 어린 며느리가 숙성하구나!' 하셨다. 기특히 여기며 기뻐하는 빛이 얼굴에 가득하셨다.

나는 아직 나이가 어려 올케언니 뒤를 늘 따라다니며 사랑을 많이 받았다. 그래서 아직도 분명히 기억한다. 우리 어머니가 일찍 돌아가시어 두 오라버니와 동서가 한 집에서 평생 같이 살았다. 식구들이 아주 많아서 사람들의 마음이 한데 모이기 힘들었는데, 어쩌다 형제 사이에 서로 헐뜯으면 올케가 정색하고 꾸짖어, 서로 흠 잡는 말을 가슴 속에 묻어두지 않고, 끝내는 그런 말이 오가지 않게 되었다.

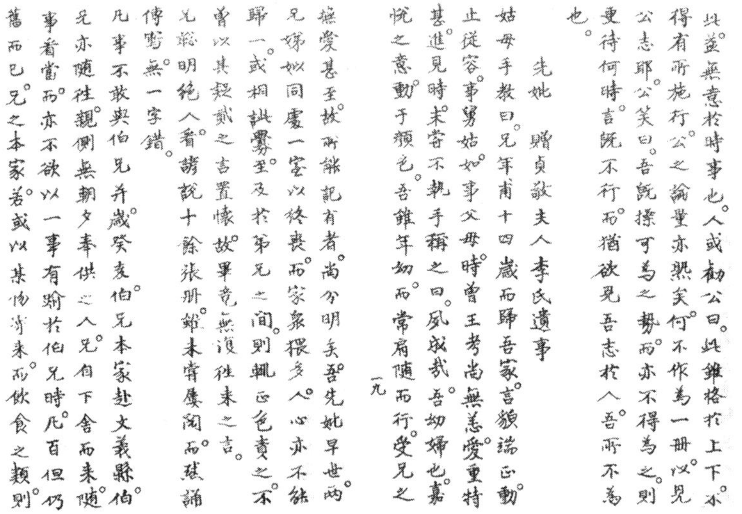
此。並無意於時事也。人或勸公曰。此雖格於上下。不
得有所施行。公之論量亦然矣。何不作爲一冊。以見
公志耶。公笑曰。吾旣操可爲之勢。而亦不得爲之。則
更待何時言。旣不行。而猶欲見吾志於人。吾所不爲
也。
先妣 贈貞敬夫人李氏遺事
姑母手教曰。兄年甫十四歲而歸吾家。言貌端正動
止從容。事舅姑。如事父母時。曾王考尙無恙。愛重特
甚。進見時。未嘗不執手稱之曰。夙淑哉。吾幼婦也。嘉
悅之意。動于顏色。吾雖年幼。而常肩隨而行。愛兄之
一九
撫愛甚至。故所能記有者。尙分明矣。吾先妣早世。而
兄娣姒同處一室。以終喪。而家衆猥多。人心亦不能
歸一。或相訛釁至。及於弟兄之間。則輒正色責之。不
嘗以其疑貳之言置懷。故畢竟無復往來之言。
兄聰明絶人。看諺說十餘張冊。輒未嘗屢閱。而能誦
傳寫無。一字錯。
凡事不敢與伯兄并。歲癸亥。伯兄本家赴文義縣伯。
兄亦隨往。覲側無朝夕奉供之人。兄自下舍而來隨。
事看當。而亦不欲以一事有踰於伯兄時。凡百但仍
舊而已。兄之本家若。或以某物送來。而飮食之類則。

어머니 이야기가 실린 심육의 문집『저촌유고(樗村遺稿)』

올케언니는 뛰어나게 총명해서, 열 장이 넘는 언문 소설책을 읽으면 몇 번 보지 않고도 속으로 외워 베꼈는데, 한 자도 틀리지 않았다.

모든 일을 동서와 함께 하셨다

올케언니는 모든 일을 마음대로 하지 않고, 맏동서와 함께 했다. 계해년(1683)에 맏동서의 친정이 (충북) 문의현(文義縣)으로 가게 되었는데, 맏동서도 따라갔다. 친정 부모를 곁에서 아침저녁으로 봉양할 사람이 없었기 때문이다. 그래서 올케언니가 집안일을 적절히 처리했는데, 맏동서가 하던 때보다 하나도 넘어서게 하지 않아, 모든 일이 예전 그대로였다. 올케언니의 친정에서 어떤 물건을 부쳐올 때가 있었는데, 음식 같은 것들은 올케언니가 반드시 곧바로 종들에게까지 남김없이 나누어 주었다.

마음이 어질면서도 곧으셨다

올케언니는 의탁할 곳이 없던 어린 아우들에게 은혜와 의리가 각별했다. 잘못해도 화내지 않고 천천히 비유하는 말로 깨치게 했으며, 좋은 말로 이끌고 도와주어 '다시는 잘못하지 않겠다'는 말을 들은 뒤에야 그만두었다. 정과 사랑이 지극해, 친형제와 터럭만치도 다르지 않았다. 어질고 후덕한 마음에 위아래 사람들이 다 믿고 감복했는데, 보통 사람들이 따라할 수 없는 점이 많아 친척들이 모두 칭찬하였다.

올케언니는 뜻을 굽혀 가며 구차하게 인정을 따르지 않았으며, 말이 준엄하고도 올바르고, 지조가 곧았다. 세속 부녀자들처럼 속되고 자질구레한 일이나 겉치레하는 습관은 평소 대화 가운데 들어본 적이 없다."

감정에 휘둘리지 않고 침착하셨다

고모님이 (어머니의 성품에 관해) 또 가르쳐 주셨다.

"우리 아버님은 사람의 선악에 대해 정밀하게 살피셨는데, 올케언니는 아버님을 섬기면서 갈수록 칭찬을 많이 받았다. 일찍이 아버님께서 '우리 둘째 며느리가 반드시 집안을 바르게 다스릴 것이다'고 하셨다. 기특히 여기고 사랑하는 마음이 여러 자녀들 가운데 가장 남달랐다.

서모(庶母)에게서 태어난 아우 공현(恭賢)이 강보에 싸인 아기였을 때에, 하루는 올케언니가 이 아이에게 젖을 먹이고 있었다. 마침 아버님께서 밖에 나가셨다가 들어오시면서 이 모습을 보시고는 우스갯소리로, '네가 이 아이의 유모(乳母)인게냐. 그러면 네가 이 아이에게 젖을 먹여라.' 하셨다. 그러자 올케언니가 아이를 내려놓고 천천히 일어나, '며느리가 어찌 이 아이의 유모가 되겠습니까?'라고 답하였는데, 얼굴빛은 아주 부드러웠다. 아버님은 계속 웃으며 자리에 앉으셨다. 나이 어린 며느리에게 '유모(乳母)'라는 말이 유감스러워, 감정을 이기지 못하고 마음을 바로잡지 못했을 텐데, 올케언니는 차분하고도 올바르게 겸손한 말로 대답하였다. 그래서 아버님께서도 더욱 기특히 여기며 감탄하셨다. 이때 나는 어려서 잘 몰랐지만, 그 말씨가 바르다는 것은 감복하였다. 세월이 많이 지났는데도 어제 일같이 또렷하고 귀에 쟁쟁하니, 어찌 잊을 수 있겠느냐."

살림을 도맡아 하시다

고모님께서 또 가르쳐 주셨다.

"올케언니는 (남편인) 우리 오라버니를 반드시 바른 도리로 섬겼다. 그릇된 것은 없애고 마땅한 것으로만 섬기니, 구차한 행실이 없었다. 오라버니도 그렇게 하여, 서로 공경했다. 일상에 하는 말에도 쉽게 보거나 업신여기는 기색을 나타낸 적이 없었다.

서증조모(庶曾祖母) 선씨(宣氏)에게 자손이 없자, 증조부께서 둘째 오라버니에게 선씨 부인을 맡아 달라고 맡기셨다. 증조부께서 돌아가시자, 아버님께서 선씨 부인을 둘째 오라버니의 집에서 모시게 하셨다. 올케언니는 정성껏 서조모를 섬겼다. 모든 면에서 편하게 해드리기 위해 마땅한 도리를 다했으며, 자기 일보다 선씨 부인의 일을 먼저 했다.

집이 몹시 가난했지만, 둘째 오라버니는 살림에 신경쓰지 않았다. 올케언니는 몸소 집안 살림을 도맡아, 집안의 자질구레한 일도 둘째 오라버니를 번거롭게 하지 않았다. 아침저녁의 음식도 반드시 마음을 다해 보살폈고, 형편이 몹시 어려워 끼니가 끊겨도 얼굴이나 말에 그런 기색을 나타내지 않았다. 장부(丈夫)의 지혜로도 이렇게 하지 못했을 테니, 과연 기상이 호연했던 것이다.

둘째 오라버니는 젊은 시절에 친구들과 어울려 놀다가 술에 취해 돌아오곤 했는데, 올케언니는 화내지 않고 오라버니가 술 깨는 국물을 마시게 해서 사리를 분별할 수 있을 때까지 기다렸다. 다른 일도 바른 도리로 섬겼으니, 부인의 도리에 조금도 어긋나는 일이 없었다."

오래 산다 한들 무슨 유익이 있겠느냐

고모님이 또 (어머니의 성품을) 가르쳐 주셨다.

"우리 형제는 타고난 운명이 박복해서 어머니를 일찍 여의고, 의지할 곳이 없었다. 둘째 오라버니는 젊은 시절에 (벼슬길이) 잘 풀리지 않아, 나이가 들고도 오랫동안 이룬 것이 없었다. 과거를 볼 때마다 합격 여부를 놓고 올케언니가 서운할 수밖에 없었다. 언젠가 올케언니가 내게 이렇게 말했다. '나는 이미 어려움을 겪어 왔고, 자식도 많이 키우지 못했습니다. 만약 앞으로도 이렇다면 필경 아무 것도 이루지 못할 테니, 세상에 오래 산다고 한들 무슨 유익이 있겠습니까?'

아! 지금 와 보니 둘째 오라버니가 벼슬을 못했다 할 수 없고, 조카도 아들을 셋이나 두었다. 만약 올케언니가 이 모습을 본다면 평소에 서운하던 마음을 위로받기에 충분하지 않겠는가? 하지만 올케언니는 이미 죽고 없으니, 올려다보고 굽어보며 옛 말을 생각할수록 슬플 뿐이다." (줄임)

어머니의 가르침을 하나도 기억치 못하다니

임인년(1722)에 내가 고모님에게 "우리 어머니께서 직접 쓰신 언문 편지

몇 통을 보여 주십사" 청하고, 그것을 베껴 썼다. 나는 어머니께서 돌아가셨을 때에 어리고 잘 몰랐으므로, 어머니에 대해 기억하는 것이 없었다. 그래서 고모님에게 청했지만, (고모님께선) 세월이 너무 오래 되어 그 전에 기억하시던 것도 잘 생각하지 못하셨으니, 이 점을 고모님이 평소에 몹시 안타까워 하셨다.

해마다 어머니께서 돌아가신 날이 되면 어머니의 편지를 한번 펼쳐 읽어 보는데, 읽다보면 바로 눈물이 흐르는 것을 막을 수 없었다. 게다가 올해에는 고모님마저 돌아가셔서 집안 어른들이 아무도 안 계시니, 다시 누구와 더불어 우리 어머니 살아 계실 때의 일을 이야기하랴! 책을 펴도 읽을 수 없고, 뼈를 깎는 아픔과 슬픔으로 눈물도 나오지 않는다.

아! 슬프구나. 계해년(1743) 11월 16일

어머니께서 이 불초(不肖)를 버리신 지 41년이 되었다. 어렸을 때라서 한두 가지도 기억하지 못하는데, 세월이 오래 될수록 목소리와 모습이 날마다 아득해진다. 평소의 일과 행실들을 만분의 일이라도 더듬어 기억해보려 하지만, 생각나지 않는다. 마치 내가 태어나기 전의 일을 찾는 것 같다.

아! 슬프구나. 사람이 태어나 열서너 살이 되면 분별력이 생겨, 얼마든지 부모님의 얼굴과 행실을 알 수 있고, 직접 받은 가르침은 반드시 마음 깊숙이 새겨서 장성한 뒤에도 멍해지지는 않을 것이다. 그런데도 이 불초는 도무지 아득해져 아무것도 기억해내지 못하니, 너무도 심하다. 이 우둔하고 못난 죄를 어찌 다 씻을 것인가! 세상에 어찌 나같은 자가 있으랴! 나 혼자 마음 아파하고 한탄하며 분하게 여기고 안타까워할 뿐이니, 부끄러워 빨리 죽고만 싶다.

잘못이 있어도 회초리를 들지 않으셨다

어머니께서는 용모가 단정하고 엄숙하셨다. 날마다 반드시 머리를 빗고 씻으셨으며, 옷도 삼가 입으셨다. 행동이나 말씀에 다급한 기색이 없고, 도리에 맞는 일만 하셨다.

어머니께선 자녀를 많이 키우지 못한 것을 몹시 슬퍼하고 한탄하셨다. 그래서 불초를 더욱 사랑해, 남들이 부모 노릇하는 것보다 더하셨다. 잘못이 있어도 회초리로 때리지 않으셨고, 남들이 나를 칭찬하는 말을 들으면 바로 칭찬하시며, "네가 늘 이런 말을 듣게 한다면, 내가 한이 없겠다."고 하셨다. 그러나 함부로 행동하거나 말하면 잘못된 언행에 대해 자세하게 거듭 말씀해 주시고, 내가 스스로 부끄러움을 알게 함으로써 잘못을 고치게 하셨다.

어머니께서 불초를 버리신 지 48년이나 되었다. 어려서 보고 기억한 것이라 만의 하나도 생각나지 않는데, 하물며 나날이 멀어지고 나날이 잊어버리니 더 말할 것이 있으랴! 내가 인사(人事)를 구별할 정신이 남아 있을 때 어머니께서 하신 말씀을 한 마디라도 더 생각해 내서 이 시대 문장을 잘하는 군자에게 글을 써 달라고 부탁하려 했다. 그러나 (집안에서 미리 정리하는) 가장(家狀)이 갖춰지지 않은데다 일이 미뤄졌다. 이제는 남이 써주는 글의 힘도 빌릴 수 없게 되었으니, 차라리 내 뜻이라도 대략 서술해 돌아가신 어머니 앞에 무식함이라도 면하고자 할 뿐이다. 이 일은 남의 손을 빌리고 싶지 않았으니 이르건 늦건 거리낄 게 없겠지만, 나도 이제는 나이가 들었으니 얼마나 더 살려는지 깨닫지 못한 것이다. 이에 몹시 두려워져서, 감히 몇 자를 적는다.

심육의 어머니는 생전에 아들 교육에 있어서 모든 잘못을 스스로 뉘우쳐 깨닫도록 가르쳐, 자존(自尊)·자립(自立)할 수 있도록 가르쳤다.

심육은 어머니에 대한 기록에서 "어머니께서는 자녀들을 많이 키우지 못한 것을 몹시 슬퍼하고 한탄하셨다. 그래서 불초를 더욱 사랑해 남들이 부모 노릇하는 것 보다 더하셨다."라 하여, 생전에 어머니께 제대로 배우지 못한 것을 몹시 아쉬워하였다.

그는 1705년 을유증광사마시(乙酉增廣司馬試)에 진사(進士) 3등으로 합격하였다. 1745년에는 왕자사부(王子師傅)에 제수되었다. 이후에도 승지, 형조참의, 대사헌 등의 높은 벼슬을 받았으나 직책에 나가지 않았다.

이후 책 읽기와 유람생활로 부친을 따라 의주, 관동, 영남 등지를 여행했으며 연경(燕京)까지 다녀왔다. 이 때 여행하면서 지은 시와 일기들을 모아서 편찬한 『저촌유고(樗村遺稿)』47권 18책은 양명학파인 하곡(霞谷) 정제두(鄭齊斗, 1649-1736)의 7대손에 의하여 1938년 필사본으로 만든 것이 서울대학교 규장각에 소장되어 있다.

양명학(陽明學)은 17세기를 전후해서 임진왜란을 계기로 일어난 실학적 학풍과 더불어 18세기 전반기에 하곡 정제두에 이르러 체계화 되었다. 하곡은 심육의 아버지 심수현과 이종숙(姨從叔)의 관계이므로 심육은 하곡의 문하생이 되었고, 심육은 양명학을 계승하였다.

양명학의 학자들은 천리와 인욕을 대립적 관계로 보지 않고, 통일적 관계로 파악하여 정욕을 인간의 자연스러운 본성으로 여겼다.

그는 어린 나이에 어머니를 여의고, 정치적 역경을 겪으면서도, 어머니로부터 받은 지극한 사랑과 엄한 교육을 받은 효성이 지극한 아들로서 후세에 양명학의 대가로 이름을 남겼다.

김종직(金宗直)의 어머니
영인 박씨 令人 朴氏

점필재(佔畢齋) 김종직(金宗直, 1431-1492)의 본관은 선산(善山)이고 밀양 출신으로 자는 계온(季昷)이다. 아버지는 길재(吉再)의 문인으로 성균관 사예(成均館 司藝)를 역임한 김숙자(金叔滋, 1389~1456)이고, 어머니는 밀양(密陽) 박씨(朴氏)로 사재감정(司宰監正) 박홍신(朴弘信, 1363-1419)의 딸이다.

김종직은 1453년(단종 1)에 진사가 되고, 1459년(세조 5) 식년문과에 급제하여 사가독서(賜暇讀書)하고, 예문관제학, 병조참판, 홍문관제학, 공조참판 등을 역임하였다.

고려 말 정몽주(鄭夢周), 길재(吉再)의 학통을 이은 아버지로부터 수학하여 후일 사림의 조종이 된 그는 문장·사학(史學)에도 두루 능하였으며, 절의를 중요시하여 조선시대 도학(道學)의 정맥을 이어가는 중추적 구실을 하였다. 김굉필(金宏弼), 정여창(鄭汝昌), 김일손, 남효온(南孝溫) 등 수많은 제자들을 길러내었고, 특히 그의 도학을 정통으로 이어받은 김굉필이 조광조(趙光祖)와 같은 걸출한 인물을

김종직(金宗直, 1431-1492)

조의제문(弔義帝文)

배출시켜 그 학통을 그대로 계승시켰다.

　어려서부터 문장에 뛰어나 많은 시문과 일기를 남겼으며, 특히 1486
년에는 신종호(申從濩) 등과 함께 『동국여지승람(東國輿地勝覽)』을 편차
(編次)한 사실만 보더라도 문장가로서의 면모를 짐작할 수 있다. 그러나
그가 세조의 왕위 찬탈을 우의적으로 비난하며 항우(項羽)에게 죽은
초나라 회왕(懷王)인 의제(義帝)를 단종에 빗대 조의를 표한 〈조의제문
(弔義帝文)〉을 제자 김일손(金馹孫)이 사초에 수록한 것이 1498년(연산군
4) 무오사화의 단서가 되어 사림들이 죽거나 귀양을 가게 되었고, 김종

직은 부관참시(剖棺斬屍)를 당하였다. 그래서 무오사화 때 많은 저술들이 소실되었다.

　그 뒤 중종반정으로 신원되었으며, 밀양의 예림서원(藝林書院), 선산의 금오서원(金烏書院), 함양의 백연서원(柏淵書院), 김천의 경렴서원(景濂書院), 개령의 덕림서원(德林書院) 등에 제향되었다.

　저서로는 『점필재집』·『유두류록(遊頭流錄)』·『청구풍아(靑丘風雅)』·『당후일기(堂後日記)』 등이 있으며, 편저로 『일선지(一善誌)』·『이존록(彝尊錄)』·『동국여지승람』 등이 전해지고 있으나, 많은 저술들이 무오사화 때 소실된 관계로 지금 전하는 것은 그렇게 많지 않다. 시호는 문충(文忠)으로, 한때 문간(文簡)으로 바뀌었다가 숙종 때에 다시 환원되었다.

돌아가신 어머니 박영인 행장(先妣朴令人行狀) / 김종직(金宗直)

명문가에서 출생하신 고명딸

　나의 어머니 밀양 박씨(密陽朴氏)는 중직대부(中直大夫) 사재감정(司宰監正) 휘 홍신(弘信)의 딸이다. 증조부 인기(仁杞)는 첨지중추원사(僉知中樞院事)에 추증되었고, 조부 천경(天卿)은 공조참판(工曹參判)에 추증되었다. 어머니 여흥 민씨(驪興閔氏)는 삼사 좌윤(三司左尹) 위(暐)의 가운데 딸이며, 고려 때 판도판서(版圖判書)에 추증된 일천(日阡)의 증손이다.

　건문(建文) 2년 경진년(1400)에 어머니가 밀양 지동리(池洞里) 집에서 태

어났는데, 딸이 하나여서 부모와 할머니 정부인(貞夫人) 위씨(魏氏)의 사랑
을 독차지하였다. 그러다가 영락(永樂) 14년 병신년(1416)에 어머니 민부인
이 작고하자, 나의 어머니가 그때 나이 17세로 예제(禮制)를 지키느라 지나
치게 슬퍼하다가 병을 얻어 위독하게 되었다. 나의 외할아버지인 감정공(監
正公)이 힘써 치료하여 마침내 병이 나았다.

그 후 감정공은 서천리(西天里)에 다시 장가들었으나 금실이 좋지 않았
고, 벼슬살이 때문에 서울로 가버렸다. 그러자 나의 어머니는 외할머니 손
부인(孫夫人)에게 의탁하여 살았는데, 서모(庶母) 소련(小蓮)이 항상 나의
어머니를 보호해 주었으며, 이따금 서천(西天)에 가서 계모(繼母)를 찾아뵈
었다.

기해년 6월에 감정공이 좌군 지병마사(左軍知兵馬使)로 대마도 정벌에 따
라갔다가 이로군(尼老郡)에서 전사(戰死)하자, 그 다음해에 손부인이 감정
공이 무예(武藝)로 등용되어 이역(異域)에서 죽은 것을 대단히 가슴 아프게
여긴 나머지, 선비의 행의(行義)가 있는 사람을 사위로 삼고자 하여 마침내
나의 어머니를 우리 아버지에게 시집보냈다. (줄임)

영인(令人)에 봉해지시다

나의 아버지가 20년 동안 서울과 지방의 관직을 역임할 적에 어머니는
반드시 세 아들과 두 딸을 데리고 따라다녔다. 경태(景泰) 4년(1453)에는 아
버지가 성균 사예(成均司藝)로 있다가 성주 교수(星州敎授)로 나갔는데 어머
니는 밀양에 있었고, 막내딸의 혼례를 나치고 나서는, 아버지 또한 벼슬을
그만두고 집에 있었다.

병자년(1456)에는 우리 맏형이 과거에 급제하여 미처 돌아와서 뵙기도 전

인 3월 2일에 아버지가 작고하였다. 아버지의 담제(禫祭)를 마친 그 다음해
인 기묘년(1459)에는 나 또한 과거에 급제하여 이 해 10월에 우리 두 형제가
함께 조정에 하직 인사를 올리고 고향 집으로 돌아와서 축하 잔치를 열어드
렸다. 이때 아버지에게 원종공신(原從功臣)으로 중직대부(中直大夫) 예문관
직제학(藝文館直提學)이 추증되었고, 어머니 또한 영인(令人)에 올려 봉해졌
다. (줄임) 잔치를 크게 베풀고 친히 술잔을 받들고 들어와서 어머니께 축하
술잔을 올리니, 온 고을 사람들이 모두 영화롭게 여겼다.

주상께 윤허 받아 어머니를 모시고

성화(成化) 6년 경인년(1470)은 바로 금상(今上)이 즉위한 해인데, 내가
외람되게 경악(經幄)에서 상을 모시다가, 어머니의 나이 71세가 되었는지라,
사직하고 돌아가서 어머니를 봉양할 것을 요청하였다. 그러자 상이 특명으
로 함양군수(咸陽郡守)를 제수하였다. 병신년(1476)에는 내가 조정에 들어가
서 지승문원사(知承文院事)가 되었다가, 또 돌아가서 어머니 봉양할 것을 요
청하자, 상이 명하여 선산도호부사(善山都護府使)를 제수하였는데, 두 번 다
부임(赴任)한 곳으로 어머니를 모셔다가 봉양하도록 윤허하였다.

그런데 선산은 바로 우리 향관(鄕貫)이라서, 선조(先祖)와 아버지가 살았
던 집이 성서(城西)와 밀접해 있었으니, 여기가 실로 어머니께서 옛날 선영
에게 제사를 받들었던 곳이다. 그리고 강씨(康氏) 가문에 출가한 누이도 여
기에 산 지 30년이 되었는데, 원림(園林)과 당실(堂室)이 완연히 옛날과 같
았다. 그래서 어머니는 봄, 가을마다 날씨가 맑고 아름다울 때면 누이 집에
나가 있으면서 후원(後園)으로 걸어가서 송죽(松竹)을 돌아보곤 하였다. 그
이웃에 본래부터 친하게 지내던 한 노파가 있었는데 그 또한 건강하였으므

로, 반드시 그를 초대하여 옛날의 일을 얘기하곤 하였다. (줄임)

그로부터 3년 뒤인 기해년(1479) 10월에 어머니가 병으로 누워 오래도록 낫지 않으므로, 중형(仲兄)이 청송(靑松)에서 와 모셨고, 치(緻) 또한 거창(居昌)에서 왔다. 막내 누이는 밀양(密陽)에 있었는데, 어머니께서 막내누이를 더욱 불쌍히 여겨 사랑하였으므로, '누이가 와서 어머니를 뵈면 기쁨으로 인해 병이 나을 수 있으리라' 희망하는 뜻에서 사람을 보내 누이를 맞아왔다. 그래서 5남매가 함께 모였는데, 마침내 12월 21일에 관아(官衙)의 중당(中堂)에서 작고하시니, 향년이 80세였다. 이달 28일에 애자(哀子)들이 널[柩]을 받들고 밀양에 돌아와서 경자년(1480) 정월 3일에 지동(池洞)의 분저곡(粉底谷)에 초빈을 했다가, 3월 17일에 아버지와 민부인의 두 산소 사이에 장사지냈다.

양처(良妻), 효부(孝婦)이신 어머니

어머니는 어려서부터 지극한 성품이 있어, 옷 짓고 음식 만드는 일을 애써 가르치지 않아도 스스로 익혔다. 아버지가 손님을 좋아하여 밤낮 손님이 문에 그득했고, 또 백부(伯父)인 절제공은 누차 큰 고을의 장수가 되어 계속하여 와서 위부인을 뵈었으므로, 거기(車騎)가 매우 성대하였다. 그때마다 어머니께서 손수 음식을 준비하여 대접하였는데, 음식이 정갈하고 넉넉하지 않은 것이 없었다. (줄임)

어머니가 우리 집안에 시집와서 공순하고 겸손하게 어른들의 명을 잘 받들어 친정에서 하던 효도를 시부모에게 옮겨 행하였으므로, 우리 할아버지 진사공(進士公)과 유부인(兪夫人)이 어머니를 공경하고 중히 여기어, 매양 남들에게 '우리 효부(孝婦)'라고 말하였다. 아버지가 봉엄(鳳嚴)에서 여묘살

경남 밀양시에 있는 김종직의 묘

이를 할 적에는 삭망(朔望) 때마다 어머니가 친히 제수(祭羞)를 준비하여 가서, 분묘(墳墓)에 전(奠) 드리는 일을 돕고 절하고 엎드려 호곡(號哭)하였는데, 소상(小祥)과 대상(大祥)에도 한결같이 하였다.

아버지가 서울에서 벼슬할 적에는 벼슬은 낮고 녹봉은 박한데다 시골집 또한 멀어서 생활비가 제때에 이르지 않아 조석(朝夕)거리가 항상 떨어지곤 하였는데, 그때마다 부인이 이웃에서 양식을 꾸어다가 조석 끼니를 공급하면서도 아버지에게는 그 사실을 모르게 하였다. (줄임)

저 푸른 하늘이여-

어머니가 만년(晩年)에는 시골에 살면서 친척 중에 나이 많은 여러 부인들과 서로 왕래하면서 맛있는 음식 한 가지라도 생기면 반드시 나누어 먹

점필재 김종직 생가

고, 조그마한 잔치라도 있으면 반드시 초대하였다. 미천(微賤)한 사람들이 문안드리고 물품을 가져올 경우에는 비록 채소나 과일 따위라도 반드시 그에 대한 보답을 하되, 오는 것은 간략하게 받고 보내는 것은 많이 주어 돌려보냈다.

아버지가 작고한 뒤에는 집 뒤 정원의 깨끗한 곳에 당(堂)을 마련하고 삼신(三辰), 오제(五帝)에게 배례(拜禮)했는데, 첫날에는 두 차례로 정했다가 뒤에는 세 차례로 하였다. 춥고 더운 때나 큰 비가 오고 큰 눈이 내리는 날에도 빠뜨리지 않았으므로, 우리들이 찬바람을 쐬어 건강을 해치게 될까 염려하여 그리 못 하시게 간(諫)하여도 듣지 않았다. 간혹 늙은 여종을 통해서 넌지시 뜻을 말씀드리고 이따금 눈물을 흘리면서 간하기도 하였으나 듣지 않았다. 그러다가 병이 위독해져 배례할 수가 없게 되자 탄식하며 이르기를,

"내가 배례를 빠뜨리는 것이 아닌가."

라고 하였다. 일찍이 내게 이르기를,

"네가 고을을 다스려 나를 봉양하게 된 것은 주상(主上)의 은혜이다. 그러나 고향 집이 항상 마음속에 있으니, 어느 날인들 잊을 수 있겠느냐."고 하였다. 그래서 내가 마침내 종들을 시켜 시골집을 수리하고 명년에는 벼슬을 그만두고 색동옷을[6] 입고서 향리(鄕里)로 돌아가 어머니의 회포를 이루어 드리려고 하였는데, 이 뜻을 미처 이루지 못한 채 겨우 세시(歲時)를 격해서 이 크나큰 참변을 당했으니, 저 푸른 하늘이여, 어찌 이 한이 다함이 있으리오. (줄임)

　　김종직의 어머니 박영인은 인내로서 가난을 극복하며 아내의 자리를 지켰다. 봉제사 접빈객을 충실히 실천하여 시부모로부터 칭찬받는 며느리였다. 자녀에게는 다정다감한 어머니로서 사람의 도리를 가르치며 본을 보였다. 어려운 생활 속에서도 이웃을 도우며 어렵고 가난한 사람들에게 베풀며 살았다. 조선시대로부터 600여년의 세월이 지난 현대까지도 우리 어머니들은 가난한 이웃돕기 운동을 실천하면서 공동체 의식을 가지고 우리나라뿐만 아니라 가난한 이웃 나라까지도 돕고 있다. 이와 같은 사랑의 실천은 조선시대로부터 지금까지 우리 어머니들에 의하여 그 맥락을 이어오고 있다.

　　이것은 바로 한국 어머니의 원형이라고 할 수 있다.

---

6) 내의(萊衣) : 춘추 시대 초(楚)나라의 효자(孝子)인 노래자(老萊子)가 나이 칠십에 색동옷을 입고 부모 앞에서 장난을 하여 부모를 즐겁게 했다는 데서 온 말로, 부모에게 효도하는 것을 비유한 말이다.

서유구(徐有榘)의 어머니
정부인 한산 이씨 貞夫人 韓山 李氏

　서유구(徐有榘, 1764-1845)는 조선 후기의 정치가이며 실학자로, 본관은 달성(達城)이며, 자는 준평(準平), 호는 풍석(楓石)이며, 시호는 문간공(文簡公)이다.

　할아버지는 대제학을 지낸 명응(命膺)이며 아버지는 이조판서를 지낸 호수(浩修)이다. 서유구는 1790년에 문과에 급제하고 1792년에는 대교(待敎) 검열을 역임하였다. 그 후 의주 부윤 · 대사성 · 부제학(副提學) · 강화부유수(江華府留守) · 형조판서 · 예조판서 · 대사헌을 지냈으며 상호군(上護軍) · 이조판서 · 병조판서 · 우참찬 · 좌참찬 · 대제학을 역임하였다.

　서유구의 학문적 토대는 할아버지 서명응과 아버지 서호수로 이어지는 농학을 가학(家學)으로 전수하는 양반 사대부 가정의 가학이다. 서유구의 학문은 박지원 · 이덕무 · 박제가 등 북학파들의 학문적 경향과 청나라 고증학의 영향을 받아 형성되었다. 서유구의 저술활동은 다방면에 걸쳐있지만, 특히 농학(農學)에 기여한 바가 컸다.

　그의 아버지는 『해동농서(海東農書)』를, 할아버지는 『고사신서(攷事

서유구(徐有榘, 1764-1845)

新書)』·『농포문(農圃門)』·『증보산림경제(增補山林經濟)』·『과농소초
(課農小抄)』·『북학의(北學議)』·『농가집성(農歌集成)』·『색경(穡經)』
등 실학파의 여러 농서와 중국의 문헌 등을 참조하여 만년에 조선후기
최대의 농서인 『임원경제지(林園經濟志)』113권 52책을 백과사전처럼
저술하였는데 이는 고향 등지에서 실제로 체험한 결과를 반영하여
쓴 것이다.

그는 1834년 호남 순찰사로 있을 때 굶주림에 고통을 받는 백성을
위하여 일본에서 고구마 종자를 구하여 재배하도록 장려하였고, 농
민경제를 위하여 유통경제의 주역인 상업종사자를 배려하였다. 따
라서 토지 소유 관계를 개혁하고 농업생산력을 강화하였으며, 자본
가적 경영은 아니었으나 전문경영인을 도입하고 노동자를 고용하는
등 진취적인 농정(農政) 방식을 실천하였다.

서유구의 어머니 한산(韓山) 이씨(李氏)의 선조는 목은(牧隱) 이색
(李穡)이다. 이씨의 친정어머니는 해주(海州) 최씨(崔氏)이며 빙고(氷
庫) 별검(別檢)인 최상겸(崔尙謙)의 딸이다. 또 의정부 영의정을 지낸
시호가 충정공(忠貞公)인 최규서(崔奎瑞)의 손녀이다.

서유구의 할아버지 서명응(徐命膺)과 충정공은 친하게 사귀던 사이여
서 서유구의 어머니를 어려서부터 잘 아는 터라, 이씨의 태도가 바르고
행실이 법도에 어긋나지 않았기에 서유구의 집안과 혼사를 맺었다.

어머니는 아버지와 동갑내기로 영조 12년 (1736) 10월 5일에 태어
나서 15세에 아버지에게 시집왔다. 35세에 숙부인(淑夫人)이 되었다.
아버지가 작고하신지 14년 후인 순조 13년 (1813년) 9월 20일 삼호(三
湖)의 행정(杏亭)에서 돌아갔는데 향년 78세였다.

한산 이씨는 효성이 지극하고 심성이 순하며 자애롭고 매사에 부

書奏生先妣貞夫人韓山李氏遺事

先妣事父母有深愛頃刻步而不忘父母凡忠正

公所以刑裏御家以至起居言案之細無不心悅

而黙識之幼而長而老而諭慕如一日也每追子

女于前而諭傳之語諄諄不已如兔園學究之諛

愛温智者然子女之幼賤甑怰慢傖舉之日己

知之已知之母氏言世德若遠慶然又顑尋舊跡

耳先妣亦听黙一笑也藏弄父母疏書于蓮筒時

時展讀以寓慕至紙生毛不解字彌留之前數月

猶是也謂諸子曰我先掟一二手墨貯于棺餘卷

梵之母今後人襲之。

忠正公無嗣取從父兄之子之以忠正公籤仕

至綾州牧使先妣友之如同氣每遇檀蘩果蘇之

為綾州公所嗜者輒濊葳勿令諸子食曰將以遺

吾第也或言綾州公竊侵先妣佛然曰人間不可

以貌取與其羊質而豹文昌若内明而外闇也孚

妹鄭氏婦娶而襄絶少分廿。伴訊絡續愛暑雨冬

祁寒十日不得聞則嘻曰鄭妹兒矣鄭妹兒矣。

『풍석전집』에 실린 어머니 이야기

지런하였다. 시부모 섬기기에 단정하며 시어머니 심씨(沈氏)의 오랜 병환을 간병하였다. 시어머니는 20년 동안 고질병으로 누워 계실 때에도 추우나 더우나 잠자리를 잘 보살폈고 변기 심부름도 즐겁게 기쁜 얼굴로 받들었다. 시어머니께서 돌아가시자 평소에 쓰시던 물건들을 잘 봉하여 간수해 두었다가 시어머니의 친정 오라버니의 딸에게 전해주면서 시어머니의 뜻을 전했다.

시아버지 문정공은 같은 동네 다른 집에 사셨는데, 며느리 이씨는 손수 음식을 장만하여 바쳤다. 음식준비를 할 때마다 여종에게 무슨 음식을 달게 잡수시는지를 알아보고 음식준비를 하였다고 한다.

원래 남편의 집은 가난해서 중류층의 살림도 갖출 수 없었는데, 이씨가 시집와서 부지런히 집안 살림을 도와서 남편의 의복이나 음식을 넉넉하고 조촐하게 바쳤다. 손님 접대와 제사를 지내고 베풀

때도 넉넉히 대접했으며 자녀들 혼사 때도 남편에게 의지하지 않고 풍족하게 혼사를 잘 치렀다.

이씨는 본성이 어질어서, 남들과의 대화할 때도 웃는 얼굴로 차근차근 말했지만, 자녀들을 가르칠 때에는 엄하고 의로운 낯빛이었다. 자녀들은 지극히 사랑하고 기대하며 바라는 마음이 깊지만, 사랑에 빠져서 자녀들의 잘못을 알지 못할까봐 엄격히 대하였다.

아이들이 어릴 때부터 집안에 스승을 모셔 가르치면서, 훗날 대제학(大提學)이 되도록 독려하였다. 이씨는 아들 유구가 의주(義州) 부윤(府尹)으로 부임했을 때 어떤 사람이 뇌물을 가지고 와서 청한 일을 듣고, 준엄하게 물리치라 하면서 아들에게 누(累)가 될 수 없게 하였다.

이렇듯, 곧고 엄하였으면서도, 자애롭게 아들을 길러낸 「친어머니 정부인 한산 이씨의 이야기」를 살펴보기로 한다.

친어머니 정부인 한산 이씨의 이야기
(本生先妣貞夫人韓山李氏祔葬誌) / 서유구(徐有榘)

친정과 시댁

어머니의 성(姓)은 이씨이고, 한산(韓山) 이씨(李氏)는 모두 목은선생(牧隱先生) 색(穡)을 선조로 받든다. (줄임) 어머니의 어머니는 해주(海州) 최씨(崔氏)이니, 빙고(氷庫) 별검(別檢)이던 상겸(尙謙)의 따님이요, 의정부 영의정을 지내고 시호가 충정공(忠貞公)인 규서(奎瑞)의 손녀였다. (줄임) 우리 할아버지 문정공(文靖公, 서명응)과 충정공은 친하게 사귀던 사이여서, 어머니가 어려서부터 태도가 바르고 행실이 법도에 맞는 것을 아셨기에 어머니가 우리 집으로 시집오게 되었다. (줄임)

우리 아버지의 이름은 호수(浩修)이며, 벼슬과 시호는 할아버지와 같은 이조판서에 문민공(文敏公)이었다. 어머니는 아버지와 동갑내기로 영조 12년(1736) 10월 5일에 태어나서 15세에 아버지에게 시집오셨고, 35세에 숙부인(淑夫人, 정3품)에 봉해지셨다. 아버지보다 14년 뒤인 순조 13년(1813) 9월 20일 삼호(三湖)의 행정(杏亭)에서 돌아가셨으니, 향년 78세였다.

생애와 성품

어머니는 천성이 효성스럽고 순하며 자애롭고 부지런하셨다. 친정에서 부모님을 섬길 때에도 깊이 사랑했으며, 부모님께 음식을 공양하며 섬기던 정성으로 시부모님을 섬기셨다. 시어머니 심씨(沈氏) 부인은 20년 동안 고질병으로 누워 계셨는데, 비녀와 귀고리를 단정하게 꾸미고 약과 미음을 바쳤으며, 추울 때건 더울 때건 잠자리를 보아드렸다. 변기 심부름도 즐겁고 기쁜 얼굴로 했다. 심부인께서 돌아가시자 쓰시던 상자들을 가지런히 정돈하시고, 무명베 조각이나 비단 몇 자까지도 모두 봉하여 표시해 두었다가 심부인 친정 오라버니의 딸에게 넘겨주면서,

"이것이 돌아가신 시어머니의 뜻입니다."

라고 하셨다.

할아버지 문정공께서는 같은 동네 다른 집에 사셨는데, 어머니는 음식을 봉양하느라 손수 칼질하고 요리하여 바쳤으며, 음식을 올릴 때마다 모시는 여종으로 하여금 무엇을 달게 잡수시는지 엿보게 하며, 걱정하는 마음으로

기다리셨다. 그렇게 정성을 들였으므로, 문정공께서는 어머니의 손맛이 들어가지 않은 음식은 달게 잡수시지 않으셨다.

아버지께서 평안도 관찰사로 나가시자 어머니도 따라가셨다. 몇 달이 겨우 지나자 할아버지 문정공께서도 역시 평양으로 가셨는데, 여러 고을의 사또들을 맞아들이며 뵈러온 사람들에게 이렇게 말하셨다.

"이 늙은이의 이번 행차는 음식이 불편하기 때문이다. 우리 며느리는 내게 먹기 좋은 음식을 바치려고 남아 있기를 원했고, 남편의 임지에 따라가기를 원치 않았다. 내가 재촉해 보냈는데, 보내놓고 보니 갑자기 숟가락질이 줄어드는 걸 알게 되었다. 그래서 마침내 오백 리 먼 길을 와서 봉양 받게 된 것이다."

그러자 듣는 사람들의 얼굴빛이 달라졌다. (줄임)

우리 집안은 가난해서 중류층의 살림도 갖출 수 없었는데, 어머니께서 부지런히 도와서 아버지의 의복이나 음식을 넉넉하고 조촐하게 바쳤다. 손님을 접대하고 제사를 지내는 일이나 수연(壽宴)을 베풀고 자녀들 혼사(婚事)를 치르는 일에도 어머니는 아버지를 털끝만치도 번거롭게 하지 않으셨다. 잘 모르는 사람들은 본래부터 장만해둔 것으로 알았으며, 아버지까지도 어떤 방법으로 그렇게 하는지 모르셨다. (줄임)

누에 키우는 달이 되자 어머니께서 누에를 키우셨는데, 이웃집 처녀가 뽕을 따면서 후원에서 떠들었다. (살림 속을 모르는) 아버지는 그 소리가 듣기 싫어

"아비와 아들이 많은 녹봉을 받는데, 왜 이런 자잘한 일까지 하는가?"

하고 어머니를 나무라셨다. 어머니가 (아버지께는 아무 변명도 하지 않고) 우리 자녀들에게만 말씀하셨다.

"공의휴(公儀休)가 해바라기를 뽑아버린[7] 고사와 문백모(文伯母)가 몸소

베 짜던[8] 일을 아울러 해도 서로 어긋나지는 않는다. 그러나 서방님이 (부업을 하지 말라고) 명하셨으니, 내 어찌 따르지 않으랴?"

그때부터 끝내 누에치기를 하지 않으셨다.

자녀 교육

어머니는 바탕이 어지셔서 남에게 말할 때에도 웃음 짓는 모습으로 천천히 하셨다. 상대방의 뜻을 상하게 할까만 걱정하셨다. 그러나 자녀들을 가르칠 때에는 반드시 (웃는 얼굴이 아니라) 의로운 방향으로만 하시면서, 이렇

---

7) 공의휴는 노(魯)나라 재상인데, 농부들이 많은 이익을 얻을 수 있도록 자기 집에서는 농사짓지 못하게 했다. 『사기(史記)』에 나오는 고사이다.

8) 공보문백(公父文伯)이 조정에서 물러나와 그 어머니를 뵈니 마침 그 어머니는 길쌈을 하고 있었다. 그것을 보고 문백이 어머니에게 말했다.

"촉의 집안에서 어머님이 아직도 길쌈을 하신단 말입니까?"

그러자 그 어머니가 한숨을 쉬며 말했다.

"노나라는 장차 망하겠구나! 철없는 아이에게 관직을 맡기고 아직 올바른 도리조차 알도록 하지 못했으니 말이다. 앉아라. 내가 너에게 말해 주겠다. 백성들이 일을 하면 사색하기 마련이다. 생각하다 보면 선한 마음이 생기지만 게으르면 음탕한 마음이 생긴다. 음란하면 선함을 잊게 되고 선함을 잊게 되면 악한 마음이 생긴다. 비옥한 땅에 사는 백성들이 재주가 없는 것은 일 없이 음란하기 때문이고, 척박한 땅에 사는 백성들이 의로움을 지향하는 것은 일을 하기 때문이다.

이런 까닭에 왕후(王后)조차 직접 왕이 쓰는 면류관 앞뒤에 드리우는 끈을 짜고, 공후(公侯)의 부인은 여기에다 면류관 매는 끈과 면류관 덮개를 더 만든다. 또 경(卿)의 부인은 여기에다 큰 띠를 더 만들고 대부의 아내는 여기에다 남편의 제복(祭服)을 더 만든다. 원사(元士)의 아내는 여기에다 조복까지 만들고, 하사(下士) 이하의 아내는 남편이 입을 옷을 만든다. 봄제사를 지내고는 해야 할 일을 분담하며 겨울제사 때에는 수확한 것을 바치고 남녀가 일 년 동안의 결과를 밝혀 허물이 있으면 벌을 받는 것이 옛날의 제도이다.

나는 네가 아침저녁으로 나를 경계하며 '반드시 선인의 법도에 어그러짐이 없도록 해야 합니다'라고 말하길 바랐다. 그런데 이제 너는 '왜 스스로 몸을 편안히 하지 않느냐'고 하니, 네가 이런 마음으로 임금이 하사한 관직을 이어받다가는 너의 아버지 목백(穆伯)의 후사가 끊어지지 않을까 두려울 뿐이다." -『국어(國語)』「노어(魯語)」

게 말씀하셨다.

"(내가 너희들을 간절하게 사랑하는 것은 너희들을 기대하고 바라는 마음이 깊기 때문이다. 그러나 나도 모르게 사랑에만 빠져서 내 아들이 악한 짓하는 것을 아지 못하니, 이건 어떤 마음인지 모르겠다."

여러 아들이 어릴 때부터 집안에 스승을 모셔 주셨다. 스승에게 바칠 폐백을 마련하고, 가르치는 일을 독려하는데 조금도 틈을 주지 않았다. 날마다 여종을 보내어 배우는 과정(課程)을 물으며,

"많이 나아갔더냐?"

하셨다. 스승께서 웃으시면서,

"너희 어머니는 너희들더러 내일 곧바로 대제학(大提學)이 되라고 하시는구나!"

하셨다.

유구(有榘)가 의주(義州) 부윤(府尹)이 되었는데, 의주는 큰 상업도시로 불려졌다. 어떤 자가 뇌물로 편지를 만들어 무슨 일을 도모하려고, 3만전이나 되는 돈을 자루에 넣어서 친척이나 인척의 줄을 타고 편지 하나 얻기를 원했다. 어머니가 준엄하게 물리치면서,

"어찌 우리 아이가 벼슬하는데 누를 끼치려고 하느냐?"

하셨다. (줄임)

어머니는 늘 얼굴빛을 가다듬고 일어나 곳간의 열쇠를 챙기셨고, 되(升)질이나 말(斗)질을 조심스럽게 헤아렸다. 겨자나 육장, 과일을 손수 고르셨고, 쌀이나 소금도 반드시 몸소 계산하셨다. 여러 딸들에게 늘

"부녀자의 직분은 오직 술 빚고 밥하는 일이다. 이 일을 게을리 한다면 농부가 농기구를 내버리고 선비가 붓과 벼루를 내버리는 것과 무엇이 다르겠느냐?"

하셨다. (줄임)

어머니는 덕이 있는 가문에서 태어나셔서 이름난 벌열(閥閱)로 시집오시어, 두 성씨(姓氏)의 아름다움을 합해 빛나는 가문을 이어가고 명예를 후손에게 남기셨다. 효성으로 힘껏 시부모님을 봉양하여 어진 며느리가 되셨고, 유순한 태도로 남편을 도와 훌륭한 아내가 되셨으며, 자애롭고 어진 마음으로 자녀들을 부지런히 교육시켜 오래 사신 어머니까지 되셨다.

정부인 이씨는 명문가문에서 태어나서 어려서부터 훌륭한 가정교육을 받았다. 15세 어린 나이로 출가하여 78세에 세상을 떠날 때까지 가난한 시집살이를 하면서도 시부모를 잘 봉양하며 어진 며느리로서 봉제사와 접빈객의 의무를 다하였다. 그리고 남편을 내조하여 훌륭한 아내이자 가정의 주관자로서 최선을 다하여 가문을 빛내고 자녀교육을 엄격하게 시켜 명예로운 아들 실학자 서유구를 탄생시켰다.

이씨는 아들 교육에 있어서 구체적인 목표를 세워 대제학의 위상을 지키도록 하였다. 일상 교육에 있어서도 실제적인 생활교육을 자상하고 철저하게 시켰다. 부모를 효성스럽게 봉양하는 것과, 식생활에 있어서도 손수관리를 하였다. 대인관계에 있어서도 다정다감한 대화로서 덕을 쌓았다. 딸들에게는 부녀자의 역할을 가정 중심으로 할 것을 가르쳤고 아들에게는 관리로서 겸손하고 검소함을 가르치며 부정부패를 용납하지 않도록 가르쳤다.

이렇듯 한평생을 자녀교육에 바치는 모습과 평생교육을 받으며 자녀 교육에 이바지 하는 한국 어머니들의 힘과 정성은 예나 지금이나 다를 바 없다.

홍석주(洪奭周)의 어머니
영수합 서씨 令壽閤 徐氏

　서씨의 행장을 쓴 첫째 아들 홍석주(1774-1842)는 본관이 풍산(豊山) 홍씨로 자는 성백(成伯), 호는 연천(淵泉)이라 하였다. 1795년에 식년문과(式年文科)에 급제하여 이조참의(吏曹參議), 우부빈객(右副賓客), 충청도 관찰사, 형조·공조·병조·예조·이조 판서를 두루 역임하고 1834년에 좌의정 등 높은 벼슬을 지냈다. 그는 학문이 깊고 의리가 있었으며, 문장에 능통하며 근면하고 정직하였다.

　그의 어머니 영수합 또는 영수각(令壽閤) 서씨 (1753-1823)는 강원도 관찰사를 지낸 서형수(徐逈修)의 딸이다. 본관은 대구 달성(達城)이고, 시조는 고려시대 중랑장(中郎將)을 지낸 한(閈)이었다.

　서씨의 친정 할아버지는 경종(景宗)때 정치적으로 불안한 상황이었음에도 불구하고 거취를 분명히 한 절개가 굳은 분이었고, 친정아버지는 관찰사로 역시 절개가 굳은 내력을 이어 받아 정직하게 벼슬살이를 한 분이었다. 친정어머니는 정부인(貞夫人) 안동 김씨로 예조판서를 지낸 김창협(金昌協)의 종손이자, 왕세손을 가르치는 찬선(贊

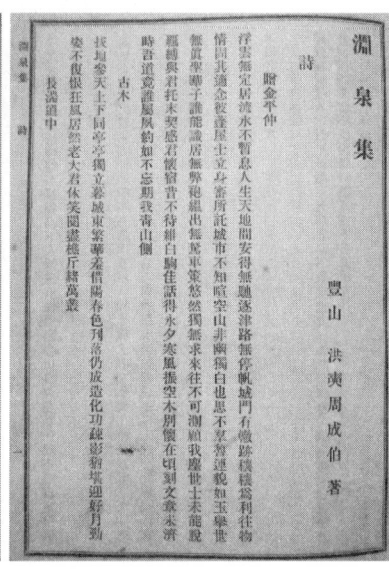

홍석주의 문집 『연천집(淵泉集)』

숙선옹주와 부마 홍현주의 묘

善) 벼슬을 지낸 김원행(金元行)의 딸이다. 친정어머니는 인자하고 단아하며 공손하고 겸손한 성품이었다.

서씨는 총명하고 영특하여 어려서부터 책 읽기를 좋아했다. 그러나 조선시대는 남존여비 사상이 팽배한 때라 여성에게 글을 가르쳐주지 않았고, 책 읽기를 좋아하는 서씨는 오로지 남동생들이 공부하는 어깨 너머로 한문을 배우고 출가한 후에는 시를 즐겨 써서 훌륭한 문장가가 되었다. 이와 같은 딸에게 친정아버지는 서씨가 사내로 태어나지 못한 것을 한탄하였다.

서씨는 14세때 승지 홍인모(洪仁謨, 1755-1812)와 결혼하여 세 아들과 두 딸을 낳았다. 아들 석주(奭周)·길주(吉周)·현주(顯周) 모두 문장가로 유명하였으며, 딸 유한당(幽閑堂) 원주(原周)도 시인으로 유명하였다.

친가나 시가가 모두 벼슬이 높은 사대부 양반가였던 서씨는 정경부인(貞敬夫人)의 칭호를 받았다.

그녀는 결혼하여 10년 동안은 시댁 어른들의 봉양과 집안 대소사를 잘 관리하였으며, 아이들의 교육에 전념하였다. 어려운 가정관리를 충실하게 하며 현모양처로서 화목한 가정을 지켜나갔다.

서씨는 첫 아들 석주가 너 댓살부터 엄격하게 교육을 시켰고, 배운 것을 지키지 않으면 조금도 용서하지 않았다. 체벌을 내릴 정도로 엄격한 스승이었다. 석주는 책을 읽다가 의문 나는 점이 있으면 어머니께 질문하였다. 서씨는 생활하는데 있어서 공사를 분명히 하도록 아이들에게 가르쳤다. 그리고 "항상 흥성하고 행복한 집안에서는 글 읽는 소리와 베 짜는 소리가 들려야 한다."고 옛사람들의 말을 일깨워주었다. 밤이 되어 잠자리에 들 때에도 옛 사람들의 격언이나

훌륭한 전기를 가르치며 경전(經傳)이나 시문 또는 예(禮)를 일과로
하여 가르쳤다. 그리고 가르친 것은 반드시 외우도록 하며 생활교육
을 시켰다.

서씨는 아이들에게 문학뿐만 아니라 수학을 가르치는 스승이기도
하였다. 서씨는『주학계몽(籌學啓蒙)』이라는 수학 책에 관하여 잘 알
고 있어 어렵게 생각하는 수학공식을 쉽게 푸는 방식을 스스로 터득
하여 풀기도 하였다. 또한 중국인이 지은『수리정온(數理精蘊)』이라
는 수학책까지도 쉽게 풀어가는 뛰어난 수학자이기도 하였다.

남들에게는 자기의 지식을 드러내지 않았고 겸손하게 남편과는
시를 지어주고 받았는데, 때 마다 서씨가 지은 시를 손수 기록하지
않아, 남편이 아이들에게 시켜서 베껴두게 하였다.

그 후 모아둔 시 192편을 남편의 문집『족수당집(足睡堂集)』6권의
부록으로『영수합고(令壽閣稿)』를 붙여 목판본으로 간행하였다. 그
본문 앞에는 목록 7장이 실렸고, 아들 홍석주가 지은 행장 7장과 아
들 홍길주가 지은 발(跋)과 또 아들 현주가 지은 발이 한 장씩 덧붙어
있다. 서씨는 47년간 남편과 해로하면서 남편의 뜻을 잘 따르면서
도, 문학의 지기(知己)로서, 평등한 동반자로서, 아내의 위상을 잘
지켰다.

정경부인 행장(貞敬夫人行狀) / 홍석주(洪奭周)

달성 서씨 친정의 가정교육

나의 어머니 정경부인 서씨(1753-1823)는 강원도 관찰사를 지내고 이조
참판에 증직되신 형수(迥修)라는 분의 따님이다. 본관은 대구 달성(達城)이
고, 시조는 고려시대 중랑장(中郞將) 한(閈)이라는 분이다. (줄임)

어머니의 어머니는 정부인(貞夫人) 안동 김씨로 예조판서를 지내고 문간
공(文簡公) 시호를 받은 농암(農巖) 김창협(金昌協) 선생의 종손으로, 왕세손
을 가르치는 찬선(贊善) 벼슬을 지내고 문경공(文敬公) 시호를 받은 미호(渼
湖) 김원행(金元行) 선생의 따님이다.

어머니의 할아버지 임피현령공께서는 경종(景宗) 때의 신임사화를 당하
여 거취를 분명히 했던 큰 절개를 지니셨고, 아버지 관찰사께서도 절개 지
키는 정신을 훌륭하게 이어받아 정직한 도리로써 벼슬살이를 하였다. 30년
동안 권세있고 고귀한 사람들과 뜻이 맞지 않았지만, 벼슬을 구하려고 조금
도 굽힌 적이 없었다.

어머니의 아버지는 집안에서 언제나 문을 닫고 책을 읽었으며, 집안에 먹
을 것이 있는지 없는지를 묻지 않으셨지만, 아내 김부인께서 효성스럽고 자
애로우며 단아하고 공손한 태도로 친하게 대해 주며 맛있는 음식으로 끼니
를 잇게 해주어, 집안의 분위기가 늘 평온하고 화기가 감돌았다.

외삼촌 3형제는 모두 훌륭한 문학과 행실이 있으셨다. 어머니께서도 특
별히 총명하고 영특한데다 책읽기를 좋아하셔서, 식견이 여느 사람들과는
비교되지 않았다. 관찰사공께서 일찍이

"내가 세 장부 아들을 두었지만, 네가 사내로 태어나지 못한 게 한스럽구나."
라고 탄식하셨다고 한다. 외증조할머니 이부인께서도 우리 어머니를 더욱

예뻐하셨지만, 늘

"여자로서 글 잘하면 대부분 팔자가 좋지 못하다."

고 하시면서 글 배우기를 금하셨다. 어머니께서 글을 배울 수는 없었지만, 때때로 여러 형제들을 따라 지내며 곁에서 그들이 읽거나 외우는 것을 들었다. 비녀를 꽂기 전부터 이미 경서(經書)를 널리 섭렵하셨다. 상고시대부터 우리나라 역사에 이르기까지, 잘 다스려졌거나 다스려지지 못한 단서, 군자(君子)와 소인(小人)들이 나아가고 물러난 자취에 대해서도 모두 꿰뚫어 알아 빠뜨림이 없으셨다. 말을 꺼냈다 하면 너무 뛰어나 사람들을 놀라게 하였지만, 부모님이나 형제들과 대화할 때가 아니면 한 차례도 문자(文字)에 관해 이야기하지 않았다.

시집살이

우리 집안으로 시집오신 지 10년이 되도록, 어머니께서 글을 아는 분이라는 사실을 아는 사람이 없었다. 어머니가 시집오실 때에 14세였는데, 처음 집안에 들어오셔서 안방에서 나의 고모(姑母)인 정숙인(鄭淑人)과 즐겁게 사귀셨다. 고모는 여사(女士)의 행실이 있는 분인데, 한번 만나시자 곧 지기(知己)가 되셨다. 어머니는 시부모님을 수십 년 섬기면서 한 번도 기쁘지 않은 모습을 드러낸 적이 없었다. 할머니 심부인께서도 능력이 뛰어남을 특별히 사랑하여 왼팔과 오른팔처럼 일을 맡기셨는데, 어머니가 더욱 삼가시며 '혼자의 힘으로 해낸다.'는 모습을 보인 적이 없었다. 늘그막에 이르러서도 항상,

"내가 시부모님 마음에 꼭 맞도록 해드리지 못했다. 나는 참으로 부족했지만, (모든게) 시어머님 덕분이었다."

라고 하셨다. 심씨 할머니께서 일찍부터 오래 편찮으셨는데, 마침 우리 어머니께서도 오래 병을 앓고 계셨으니 음식을 먹어도 목으로 넘어가지 않은 지 여러 달 되었다. 그런데도 곧게 서서 몸소 잠자리에 모셨고, 잠깐이라도 어머니 방에 들어간 적이 없었다. 그같이 졸면서도 두 해를 보내셨다고 한다. 곁에서 지켜본 여종이 언제나 감탄하면서 사람들에게 들려준 이야기이다. (줄임)

엄하고도 다정한 스승 어머니

석주(奭周)가 처음 태어날 때에는 온 집안에 다른 아이가 없었다. 석주가 태어나 열댓 살이 되도록 아우나 누이가 없었으니 지극히 사랑받았지만, 너댓 살 때부터는 한가지라도 가르쳐 주신 대로 따르지 않으면 세워놓고 꾸짖으셨다. 조금도 용서치 않으셨는데, 큰소리로 울부짖으며 '다시는 하지 않겠노라'고 약속받은 뒤에야 그만두셨다.

그 무렵에 어머니는 늘 할머니 곁에 계시다가 물러나오셨는데, 한밤중이더라도 바로 석주를 무릎 아래 앉히고 읽었던 책을 시험하셨으며, 전에 가르쳐 주신 것을 외우도록 하였다. 한 권을 다 외워야만 그만두셨다. 잠자리에 들면 또 부드러운 말씀으로 옛사람들의 격언이나 훌륭한 행실을 말씀해 주셨으며, 이따금 경전(經傳)이나 시문(詩文)을 밤낮 가르쳐 주시는 것으로 일과를 삼으셨다.

시를 짓고 가르치시다

어머니가 우리 집에 계실 때에는 책을 보신 적이 없었다. 그러나 병환이 심하여 바느질감을 붙잡지 못하실 때에는 석주가 슬그머니 가슴속에 책을 품고 가서 어머니께 드렸다. 석주가 어쩌다 병이 나서 밖으로 나갈 수 없을 때에도 책을 가지고 어머니 곁에 가서 여쭤보았다. 그제서야 사람들이 비로소 어머니께서 글 잘하시는 것을 알게 되었다. 그렇지만 절대로 종이에 글씨 쓰는 일을 하지 않으셨다. "글 쓰는 것은 부인의 일이 아니다"고 하셨다.

아버지께서도 시 짓기를 좋아하셨는데, 늘그막에 고을을 다스리실 때에 함께 시를 지어서 주고받을 사람이 없었으므로 어머니께 '같이 짓자'고 부탁하셨다. 그렇지만 어머니는 좋아하지 않으시며,

"평측(平仄)도 모르는데 어떻게 시를 짓겠습니까?"

라고 하셨다. 아버지께서 당율시(唐律詩) 한 권을 드렸는데, 열흘도 못되어 율시(律詩)를 지으셨으며, 장편시에서 경운시(硬韻詩)에 이르기까지 짓지 못하시는 게 없었다. 그렇지만 끝내 손수 기록하지 않으셨기에, 아버지께서 우리들에게 명하여 곁에 따라다니며 가만히 베껴두게 하셨다. 그렇게 하여 전후로 수백여 편을 얻어낸 것이 바로 어머니 연세 60여 세 때였다.

아버지께서 돌아가신 뒤에는 마침내 시 짓기를 끊고, 다시는 짓지 않으셨다. 어머니께서 우리 아버지를 모신 지 47년 되었는데, 한 번도 아버지 뜻을 거스른 적이 없었다. 안방에서 두 분만 계실 때에도 조용히 화락하고 마음이 맞으셨으며, 한 마디도 바르지 않게 말씀하신 적이 없었다. 여러 아들과 딸들이 방안에 가득 모시고 앉아 있으면 친절하게 말씀해 주셨는데, 모두가 시(詩)나 예(禮)에 관한 책 이야기였다.

생활 속에서 가르치시다

관아(官衙) 안채에 여러 해 사셨지만, 관청 일에는 한 마디도 말씀이 없으

셨다. 석주가 고을살이를 하던 곳에 계실 때에도 그렇게 하셨다. 관청에서 심부름하는 사람을 선택하는 일에도 한 마디 부탁하지 않으시며,

"이런 일들도 공적인 직책인데, 어찌 부인이 관여하겠는가?"

라고 하셨다. 늙으신 뒤에도 때때로 손수 길쌈을 하시면서 항상 탄식하셨다.

"옛사람들이 말하기를, '그 집에 들어가 책 읽는 소리와 베 짜는 소리를 들으면 그 집안은 마땅히 흥성하리라' 했으니, 그 말이 참으로 의미 깊구나!"

아들이나 딸들이 강보(襁褓)에 있을 때부터 화려한 옷차림으로 꾸며주지 않으셨다. (줄임)

어머니께서는 대부분의 일을 배우지 않고도 말씀하실 수 있었으며, 한번 귀에 지나가면 바로 기억해 두시며 오래도록 잊지 않으셨다. 그러나 여자의 본업인 길쌈이나 부엌일 이외에는 대부분 마음을 기울이지 않으셨다. 다만 산가지 세는 일만은 웬만큼 좋아하셨다. 전에 『주학계몽(籌學啓蒙)』이라는 책을 읽어보셨는데, 그중에 평분(平分)이나 약분(約分), 정부(正負), 구고(句股), 화수(和數) 등의 방법을 살펴보시더니,

"이처럼 번거롭고 이해하기 어렵단 말인가?"

하시고는 곧바로 스스로 한 가지 방법을 만들어내서 산가지를 셀 수 있게 하셨다. 그 뒤에 중국 사람이 지은 『수리정온(數理精蘊)』이라는 책을 얻어 보니 (어머니께서 만들어 내신 방법과) 합치되지 않은 게 없었다.

서씨는 여성으로서는 드물게, 조선후기에 유명한 시인이자 수학자였다. 조선시대 농업중심 사회에서 수학은 매우 중요한 구실을 하였다. 토지와 농산물을 정확히 계산하기 위하여 수학은 필수적이었으며, 토지의 정확한 측량이나 건축의 측량에도 수학은 기본적인 지식이었다. 수학은 조선 후기에 신학문 도입의 큰 계기가 되기도 하

였다. 이러한 때 서씨는 수학을 스스로 터득하여 수학공식을 쉽게 풀 수 있게 하였다.

또한, 남편과 시를 주고받으며 평등한 부부관계를 유지하여 남편의 문집에 작품을 남겼다. 아이들에게는 시와 수학을 가르치며 지혜로운 생활교육을 가르치는 스승으로, 슬하에 5남매가 모두 총명하여 어머니의 교육을 중심으로 훌륭한 문장가, 정치가가 되었다.

서씨는 전통사회의 삼종지도를 충실히 실천한 며느리였지만, 현대 어머니들의 역할을 앞서 실천한 어머니로서 성공적으로 자아실현을 한 진취적인 어머니였다.

이건창(李建昌)의 어머니
숙인 파평 윤씨 淑人 坡平 尹氏

이건창(李建昌, 1852-1898)은 조선말기의 문신·학자·대문장가로, 본관은 전주(全州), 자는 봉조(鳳朝, 鳳藻), 호는 영재(寧齋)이다. 할아버지는 이조판서 시원(是遠)이고, 아버지는 증이조참판 상학(象學)이다.

할아버지가 개성유수로 재직할 때 관아에서 태어나 출생지는 개성이지만, 선대부터 강화에 살았다. 할아버지로부터 충의(忠義)와 문학(文學)을 바탕으로 한 가학(家學)의 가르침을 받았다. 5세에 문장을 구사할 만큼 재주가 뛰어나 신동이라는 말을 들었다. 장성한 뒤에는 모든 공사(公私) 생활에서 할아버지의 영향을 받았다.

강위(姜瑋)·김택영(金澤榮)·황현(黃玹) 등과 교분이 두터웠으며, 용모가 청수(清秀)하였으며, 천성이 강직해 부정·불의를 보면 추호도 용납하지 않고 친척·친구나 지위의 고하를 막론하고 처단하였다.

1866년(고종 3) 15세의 어린 나이로 별시문과(別試文科)에 병과로 급제했으나 너무 일찍 등과했기 때문에 19세에 이르러서야 홍문관직에 나아갔다. 1874년 서장관(書狀官)으로 발탁되어 청나라에 가서 황각

인천광역시 강화군에 있는 이건창 생가

(黃珏)·장가양(張家驤)·서보(徐郙) 등과 교유하고 이름을 떨쳤다.

이듬해 충청우도 암행어사가 되어 충청감사 조병식(趙秉式)의 비행을 낱낱이 들쳐 내다가 도리어 모함을 받아 벽동(碧潼)으로 유배되었고, 1년이 지나서 풀려났다. 공사(公事)에 성의를 다하다가 도리어 당국자의 미움을 사 귀양까지 간 뒤에는 벼슬에 뜻을 두려 하지 않았다.

그러나 임금이 친서로 "내가 그대를 아니 전과 같이 잘 하라."는 간곡한 부름에 못 이겨, 1880년 경기도 암행어사로 나갔다. 이 때 관리들의 비행을 파헤치고 흉년을 당한 농민들을 일일이 찾아다니면서 식량문제 등 구휼에 힘썼다. 한편, 세금을 감면해 주어 백성들로부터 인심을 얻어 그의 선정비(善政碑)가 각처에 세워졌다.

그 뒤 어버이상을 당해 6년간 상례를 마치고 1890년 한성부소윤이 되었다. 당시 청국인과 일본인들이 우리 백성들의 가옥이나 토지를 마구 사들이는 것을 방관하는 사이에 그 규모가 점차 커지고 있었다.

그들이 소유권을 보호한다는 명목으로 문제를 일으킬 것을 예측한 그는 시급히 국법을 마련해 국민들의 부동산을 외국인에게 팔아 넘기지 못하도록 금지령을 실시해야 한다는 소를 올렸다.

그 때 이홍장(李鴻章)의 부하인 청국 공사 당소의(唐紹儀)가 한성소윤의 상소내용을 알고, 공한으로 "청국사람과의 가옥이나 토지매도를 금한다는 조항이 조약상에 없는데 왜 금지조치를 하려는가."라고 항의하였다. 그는 "우리가 우리 국민에게 금지시키는 것인데 조약이 무슨 상관인가."라고 일축하였다.

그러자 당소의는 이홍장의 항의를 빙자해 우리 정부에 압력을 가

인천광역시 강화군에 있는 이건창의 묘

해 금지령을 내리지 못하게 하였다. 그러나 그는 단념하지 않고, 외국인에게 부동산을 판 사람을 다른 죄목으로써 다스려 가중처벌을 하였다. 이에 백성들은 감히 외국과 매매를 못하였고 청국인들도 하는 수 없이 매수계획을 포기하였다.

이렇듯 올곧은 구한말 선비인 이건창의 어머니 파평 윤씨(1828~1886)는 문정공(文正公) 황(煌)의 후손이고, 상은처사(祥隱處士) 자구(滋九)의 딸이다.

윤씨는 9세에 어머니 심씨(沈氏)를 여의고 어린 나이에 애통해 하던 효심이 지극한 딸이다. 13세에 이상학(李象學)과 결혼하였다. 그 당시 남편의 집안은 매우 가난하였는데 그 어려운 살림을 맡아 한 해 여러 차례 있는 제사를 잘 받들며, 때 없이 찾아오는 손님들을 정성껏 대접하였다. 집안의 대소사에 맡은 바 최선을 다하며 며느리로서의 역할을 완벽하게 다하였다.

시아버지 이조판서 시원(是遠)은 성품이 인자하면서도 엄격하고, 식성이 몹시 까다로운 분이지만 며느리 윤씨에게만은 너그럽고, 아끼며 사랑하였다. 또한 남편도 윤씨가 순진하고 깨끗하며 강직한 성품인 것을 믿고 아들에게 어머니 행적을 쓰기를 원했다. 윤씨는 항상 남편으로부터 사랑을 받고 공경스러운 대접을 받았다.

1866년에 프랑스 함대가 강화도에 침범하여 병인양요(丙寅洋擾)가 일어나 강화도가 함락되자 시아버지 이시원이 유서를 남기고 음독 자결 하였다. 그 후 피난 갔다 온 남편마저 세상을 떠났다. 윤씨는 겹친 슬픔을 잘 이겨내며 비통함을 극복하였다. 윤씨는 비록 글을 배우지 못하였으나 모든 일을 지혜롭고 강직하게 처리하였으며, 범사를 자애롭고 성실하게 실행하였다. 윤씨는 어려운 생활을 잘 극복하며 가난한 이웃과 친척들을 돕고 집안 식구들을 잘 보살폈다.

윤씨는 아들 셋을 낳았는데, 장남이 이건창이었다. 이건창은 어려서부터 할아버지의 충의(忠義)와 문학을 배웠으며, 가학(家學)의 바탕이 있었다. 조선 후기의 양반의 가학은 기본적으로『소학』을 배우고 사서, 삼경을 배우고 나면 사서(史書)를 읽었다.

이건창은 용모가 뛰어나며 천성이 강직하여 부정과 불의를 용납하지 않았고, 친지나 친척이나 지위의 고하를 막론하고 법에 어긋나면 처단하였다. 모든 일을 소신껏 처리하며 사회정화운동을 실천하였다. 이렇게 탐관오리를 처벌하고 어려운 백성들을 도왔기 때문에 지금도 서울 송파구에는 암행어사 이건창를 기리는 비석이 세워져 있고 공무원들의 귀감이 되고 있다.

그가 쓴〈선모 숙인 파평 윤씨 행략〉을 보기로 한다.

선모 숙인 파평 윤씨 행략(先母淑人坡平尹氏行略) / 이건창(李建昌)

십 삼세에 시집오신 어머니

어머니 숙인 윤씨(1828-1886)는 파평 윤씨로, 문정공(文正公) 황(煌)의 후손이요, 상은처사(祥隱處士) 자구(滋九)의 따님이다. (줄임)

어머니께서 9세에 모친 심씨(沈氏)를 여의시고 너무 애통해 하시니, 이웃 사람들이 감동하였다. 13세에 우리 집으로 시집오셨는데, 그 무렵에 우리 집안은 밥을 먹기도 어려워 어떤 때에는 하루에 콩죽 한 끼니로 때웠다고 한다. 할머니 심부인께서 몸소 방아 찧고 밥을 지으시느라고 아침부터 저녁까지 쉬실 수가 없으셨는데, 어머니가 들어오신 뒤부터 조금 편안해지셨다. 그러나 제사지내는 일이 1년에 몇십 차례였고, 찾아오는 손님들이 거르는 날이 없었다. 멀고 가까운 친척 가운데 쳐다보며 의지하던 사람들이 셀 수 없었다.

할아버지께서 성품이 인자하고 검소하시며, 우리 어머니를 몹시 아끼셨다. 그러나 꾸짖을 일이 생기면 조금도 용서해주지 않으셨다. 음식이 적거나 변변치 못한 것은 좋지만, 짜거나 싱겁거나 차거나 뜨거운 것을 제대로 맞춰야 했으며, 옷도 품이 큰 것은 괜찮았지만 작으면 안되었다. 음식을 드실 때에 오는 사람마다 불시에 바로 대접하는 것을 기뻐하셨는데, 어머니는 분부를 받으시자마자 조금도 거스를 때가 없었다.

"어머니의 효성을 기록해 두어라"

할머니 심부인께서 돌아가시고 삼년상을 벗어나자 할아버지께서 개성유수(開城留守)가 되셨는데, 어머니께서 따라가 계셨다. 관아에 사신 지 1년이 지나도록 고기 맛을 제대로 모르셨는데, 할머니를 생각하셨기 때문이다.

할아버지는 이미 늙으셔서 세상일보다는 쉬고 싶은 뜻이 있으셨는데, 어머니가 아들 셋을 낳으셔서 차례대로 글을 읽고 장난치면서 놀자, 할아버지께서 항상 가슴에 안거나 무릎에 앉혀두셨다. 그러다가 막내가 젖을 먹고 싶어 하면 곧바로 우리 어머니에게 명하여 사랑방에서 나가 젖을 먹이라고 하셨다. 이따금 어머니더러 "너는 큰 공이 있다"고 하셨다.

할아버지께서 사당에 참배하고 계단을 내려오시면 어머니께서 문밖으로 나가 보시며 눈물을 흘리셔서 눈언저리에 눈물이 가득했다. 할아버지께서 그것을 아시고 건창(建昌)에게 "효성스러운 일이다. 얼마 전에 내가 걷다가 우연히 불편하자, 네 어머니가 내가 늙어가는 것을 안타까워했다. 너는 그 일을 기록해 두어라." 하셨다.

천성이 순진무구하고 곧으셨으니

강화도에서 전쟁(병인양요)이 일어나자 할아버지께서 이미 올바른 죽음을 택하셨고, 아버님 상은군께선 강화도에서 가족을 이끌고 충청도로 피난 가셨다가 오래지 않아 돌아가셨다. 어머니께선 겹친 슬픔을 혼자 이겨낼 수 없으셔서, 아침저녁으로 곡하는 일조차 제대로 못하실 지경이었다.

할아버지의 제사를 지낼 때가 되자 조정에서 곧바로 판서급의 관원을 보내 제사를 지내고 장사지낼 때 필요한 거마(車馬)까지 보내왔으며, 강화도에 머물던 대부(大夫)급의 관원이나 전쟁에 참여한 장수와 사졸(士卒) 및 사방에서 조문온 사람들이 집안에 가득하고 항구에 가득하였다. 처음으로 상(喪)을 치르고 난리를 겪느라 집안사람이 겁을 먹고 안정할 수 없었는데, 어머니 혼자 힘쓰시며 홀몸으로 온갖 큰일을 겹쳐 해내셨다. 제사지내는 일

明美堂集卷十七　行畧　十八

而建昌登科濫以文詞居侍從使至中國辱與諸君子游諸
君子聞建昌爲公之孫也皆咨嗟歎趣觀公行篋中
無可以藉手者輒以猥略如右以應諸君子之命庶幾
先王考之名自此而行於天下不肯區區之仰望於諸君子者
亦或藉是而有獲焉惟諸君子卒圖之

先母淑人坡平尹氏行畧（攷兄在聽膝前）

先母淑人坡平文正公煌之後祥隱處士（諱九）之女祥隱
君有文行嘗侍親疾累年衣不解帶饘粥饘脯齡小恠中自
隨親欲食饘深夜應呼即躬調淪以進累不利科舉中廢窮居
潛修先祖忠貞公嘗曰吾畏友云母生九歲喪妣沈氏哀慟感
鄰里十三歸于我當是時我家艱於食日或黃豆一粥祖妣沈
夫人親春爨盡晷不能休息母入始少安然家奉祭祀歲恒累
十計賓客無虚日遠近親戚之仰賴者無算先祖性慈愛吾
母甚然遇事謙責即不少假飲食菲薄不得失饘淡冷熱器吾
服嘗不充不得無次尤喜飲食人人來者不時輒命之食母所
受命無少違者沈夫人沒甫免喪而先祖想家爲開城留守母
從之宜居周歲口未嘗知肉味念沈夫人也先祖既老息意於
世母舉三子次第讀書嬉戲先祖常抱置懷中小者索乳輒
命吾母出外舍乳之時顧吾母詫曰汝大有功先祖嘗謁祠下
階母出戶視遽汪然盈眶先祖知之謂建昌曰孝哉汝母襄

『명미당집(明美堂集)』에 실린 어머니 이야기

도 모두 볼 만하고 깨끗하게 치렀으며, 제수(祭需)를 바치는 일도 때맞춰 곧바로 처리하셨으니, 보고 있던 사람들이 모두 감탄하며 "서울의 큰 권세가 집안이라고 저렇게 처리할 수 있으랴!"라고 하였다.

어머니는 그런 일을 하시느라 마침내 병이 들어 쇠약해지셨다. 어머니의 어진 행실을 갖추어 보이면서 효성스러운 점만 자세히 서술했는데, 건창이 할아버지께 들은 내용이 그러했기 때문이다. 그러나 아버지께선 전에 건창에게 (다르게 말씀하셨다.)

"너의 어머니는 천성이 순진무구하고 곧았으니, 뒤에 네가 어머니를 위해서 글을 짓게 되면 이런 점을 기록하는 게 옳다." 어머니가 남편에게서 공경스러운 대접을 받았기 때문에 그렇게 말씀하셨을 것이다. 건창이 어찌 감히 다른 말을 덧붙일 수 있겠는가. 그렇지만 건창이 말할 수 있는 것은 덧붙여 말하겠다.

자애로우나 강직하시며 명석하신 어머니

어머니는 비록 글을 통달하지 못하셨지만, 큰 뜻과 무거운 절개는 아셨으며, 부끄러워해야 할 일도 아셨다. 자애로우시면서도 때로는 강직하셔서, 여느 사람들과 달리 절개를 굳게 지키셨다. 매사에 옹졸한 듯했으며, 남의 말을 들으면 그 뜻을 알아차리지 못한 것처럼 보여, 세상 사람들이 '다 잊어버리고 기억치 못하는 사람(多忘不記)'이라 생각했지만, 속으로는 아주 명석하게 아셨다. 의당 알지 말아야 하는 것은 일체 마음에 두지 않으셨고, 의리상 당연히 해야 할 일이라면 하지 않고 빠뜨리거나 머뭇거린 적이 없으셨다.

일찍이 '부인(婦人)'이라는 말이 입에서 떠나지 않으셨는데, 옷이나 음식이 조금이라도 좋으면 곧바로 "부인에게 합당치 않다"고 하셨다. 늙으셔서 아들이나 손자가 생긴 뒤에도, 처음 며느리가 되었을 때와 조금도 달라진 게 없으셨다. 날마다 드시는 음식이라곤 푸성귀에 밥 하나였지만, 그 한 그릇이나마 모두 드시지 못하고 덜어서 남에게 주시곤 하셨다. 불 때어 음식하느라 부엌에서 정신없이 일하시면서도 누가 먹지 못하는 사람이 있는지 걱정하셨고, 어떤 때는 밤늦게까지 식사를 못하시기도 했다. 20년 동안 병환으로 뼈까지 드러날 정도로 수척하셨지만, 잠깐 사이에 다시 일어나 먹을 음식을 살피셨는데, 매서운 추위와 무더운 여름에도 건강한 사람같이 애쓰고 고생하셨다. (줄임)

아아! 어머니는 돌아오지 못하시네

아버님께서 안의현감으로 1년 남짓 계시다가 서쪽 고을로 옮기셨는데, 장차 떠나려 하자 안의 백성들이 남녀노소 길을 가로막고 가마를 대신 메면서 더 머물기를 애걸하였다. 어떤 사람은 "원님만 어지실 뿐만 아니라, 부인께서도 어지시다" 하면서 부인의 가마도 대신 메기를 원하였다. 아버지께서 여러 차례 달래시자 그제서야 모두 울면서 헤어졌다. 어머니께서 아버지에게 "이번 행차가 헛되지 않았습니다."라고 하셨다. 서울로 들어오시자 어머니는 피로가 겹친 병환으로 마침내 우리 자식들을 버려두고 떠나셨으니, 아아! 가슴이 아프구나. (줄임)

불효스럽기 그지없는데 목숨은 모질어 구차하게 살아남아, 삼년상을 마치고 해가 두 번이나 바뀐 무자년(1888)이 돌아왔다. 어머니는 이 해 태생이니, 우리나라 풍속으로는 환갑의 해가 된다. 태어나신 해가 돌아왔지만 어머니는 돌아오지 못하시니, 술과 밥이 있은들 누가 드시며, 비단옷이 있은들 누가 입으랴. 손님이나 벗이 찾아온들 누구를 위해 맞아들이며, 글짓는 솜씨가 있은들 누구를 위해 축하의 글을 지으랴. 우선 어머니의 하신 일과 행실에 관한 한 통의 글을 지어 세상의 군자들이 시와 글로 내려주시는 은혜를 받고자 한다. 오래 사시도록 빌어 드리는 것같이 하려는 것은 차마 어머니께서 이미 돌아가신 것으로 여기지 않으려는 뜻이기도 하다.

아아! 가슴이 아프구나. 아들 건창은 눈물을 흘리고 울며 삼가 짓는다.

윤씨는 글을 배우지는 못하였으나 아들 삼형제를 훌륭한 인재로 키웠다. 그것은 윤씨가 집안의 주인공으로 맡은 바 며느리로서 아내로서 어머니로서 자기의 역할을 충실히 실천하였기 때문이다. 어머

니의 생활교육이 훗날 아들에게 존경받는 훌륭한 공직자의 생활을
할 수 있도록 한 것이다.

이건창의 문필은 송나라 대가인 증공(曾鞏)·왕안석(王安石)의 영
향을 많이 받았다. 그리고 정제두(鄭齊斗)가 양명학(陽明學)의 지행합
일(知行合一)의 학풍을 세운 이른바 강화학파(江華學派)의 학문태도를
실천하였다.

한말의 대문장가이며 대시인인 김택영이 우리나라 역대의 문장가
를 추숭할 때에 여한구대가(麗韓九大家)라 하여 아홉 사람을 선정하
였다. 그 최후의 사람으로 이건창을 꼽은 것을 보면, 당대의 문장가
일 뿐 아니라 우리나라 전대(全代)를 통해 몇 안 되는 대문장가의 한
사람이라고 해도 과언이 아니다.

글씨에도 뛰어났으며, 성품이 매우 곧아 병인양요 때에 강화에서
자결한 할아버지의 유지를 받들어 개화를 뿌리치고 철저한 척양척
왜주의자로 일관하였다. 저서로는『명미당집(明美堂集)』·『당의통략
(黨議通略)』등이 있는데,『당의통략』은 파당을 초월하고 문벌을 초
월해 공정한 입장에서 당쟁의 원인과 전개과정을 기술한 명저로 높
이 평가되고 있다.

재일 한국인 동경대학 강상중 교수의「어머니」(오근영 옮김)라는
작품은 작가 강상중의 어머니의 삶을 진솔하게 그려낸 전기(傳記)적
인 작품이다. 이 작품 속의 어머니 역시 조선시대의 이건창의 어머
니처럼 모든 역할을 충실히 실천하는 자의식이 강한 어머니이다. 여
기서 작가는 자기 존재의 절대가치를 "어머니"라고 인식하고 있다.
작가는 이렇게 말한다. "어머니는 절대적인 존재였다. 억척스럽고
쉴 줄을 모르는 믿음직한 존재였다. 그러나 어린 우리에게는 어머니

가 가슴에 품고 있는 번민이나 갈등이 얼마나 치열하고 절실했는지 보이지 않았다."

조선시대에서 현대까지의 시간거리와 한국과 일본이라는 공간거리 속에서 비록 사회구조나 생활유형이 다르다 할지라도 본질적으로 한국 어머니의 정체성은 한 맥락에서 형성 발전되고 있다는 것을 알 수 있다.

유득공(柳得恭)의 어머니

남양 홍씨 南陽 洪氏

유득공(柳得恭, 1749-1807)은 본관이 문화(文化)이고, 자는 혜풍(惠風)·혜보(惠甫), 호는 영재(泠齋)·영암(泠菴)·가상루(歌商樓)·고운당(古芸堂)·고운거사(古芸居士)·은휘당(恩暉堂) 등이다. 증조부와 외조부가 서자였기 때문에 서얼신분으로 태어났고, 아버지가 일찍 세상을 떠나서 홀어머니 아래에서 자랐다.

그는 한시에 뛰어난 실학자이며, 박제가(朴齊家)·이덕무(李德懋)·이서구(李書九)와 더불어 한시사가(漢詩四家)로 이름이 높았다. 영조 때 진사시험에 합격하고 1779년 정조 때에 규장각검서(奎章閣檢書)로 활약하였다. 그 후에 제천·포천·양근 등지에서 군수로 지냈으며 말년에는 풍천부사(豊川府使)를 지냈다.

또한 시문에 뛰어나 시문을 모은 『영재집(泠齋集)』과 한국역대시문을 엮은 『동시맹(東詩萌)』이 있다. 이 밖에도 중국여행과 관련된 시문집과 신변잡사와 당상(堂上)들을 연대순으로 써내려간 『고운당필기(古芸堂筆記)』 등, 역사서로서 『이십일도회고시(二十一都懷古詩)』와 『발해고

『영재집(泠齋集)』에 실린 어머니 이야기

(渤海考)』·『사군지(四郡志)』 등 유명한 저서가 있다.

유득공이 비록 서얼신분이었으나 어머니 홍씨의 교육에 의하여 유명한 북학자(北學者)가 되었으며, 실학자로 높은 벼슬까지 지내게 되었다.

유득공의 어머니는 남양 홍씨이다. 시조는 홍선행(洪先幸)으로 고려 금오위(金吾衛) 별장(別將)이고, 8대조는 이조참의를 지냈다. 증조부는 홍수익(洪守翼)으로 목사(牧使)를 지냈고, 할아버지는 홍시주(洪時疇)로 평안도 병마절도사(兵馬節度使)를 지냈다. 아버지는 홍이석(洪以錫)으로 이원현감을 지냈고, 어머니는 정부인(貞夫人) 우계(羽溪) 이씨(李氏)이다.

유득공의 어머니는 영조 원년 을사년(1725) 6월 16일에 태어났고,

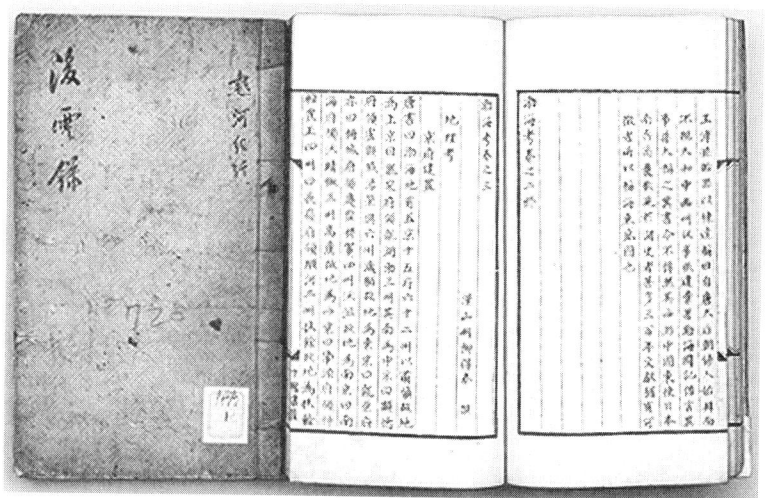

『발해고(渤海考)』

순조 원년 신유년(1801) 8월 5일에 세상을 떠났다. 홍씨의 친정은 부유했고 벼슬도 높은 집안이었다. 어머니 홍씨는 17세에 유춘(柳瑃)과 결혼하였다.

외할머니 정부인 이씨는 엄하게 유득공의 어머니를 교육시켰다. 조선시대 여성들은 권리를 가진 주체로서가 아니라, 엄격한 규범과 절제 속에서 인내를 생활화하였다.

당시 여성은 10세가 되면 집안에서 방직과 양잠을 하고 비단을 짜며 의복을 만들고, 제사를 주관하며 손님들을 대접하는 일을 배웠다. 반면에 남성들은 제도적인 교육기관에서 수학함으로써 자신의 가정을 대표하며 나아가 국가와 사회를 위한 필요한 인재가 되도록 하였다.

이러한 교육을 받은 유득공의 어머니 홍씨는 어렸을 때부터 여성이 해야 할 일들을 잘 익히고, 편지도 잘 썼다. 항상 온순하며 부모님께 효도하여 부모님께서 칭찬과 사랑을 많이 받았다. 시댁 어른들도 홍씨를 대단히 칭찬하였다.

그 후 홍씨는 임신년 1752년에 남편을 잃었는데, 유득공은 겨우다섯 살 밖에 되지 않았을 때였다. 병치레가 많았던 아들을 키우며, 홍씨는 득공에게 무인(武人) 집안인 외가의 전통을 따르지 못하게 하였다. 학문에 종사해온 유씨 집안의 전통을 따르게 하기 위해, 열 살이 되었을 때 외가를 떠나 본가로 갔다.

홍씨는 바느질 품삯으로 아들 득공을 공부시켰지만, 가난한 집안아이같지 않게 잘 입혀서 키웠다. 이웃 사람들은 홍씨를 어질고 후덕한 부인으로 존중하였다. 홍씨는 아들의 교육뿐만 아니라, 손자와손녀들에게도 역사와 문장 공부를 시켰다. 서간문의 본질을 일깨워주면서 마음에서 우러나오는 대로 순수하고 진솔하게 쓸 것을 당부하였다.

이러한 홍씨는 죽음마저 지혜롭게 맞이하였다. 삼복 더위가 가시고 8월달 가을이 오기를 기다린 것은 더위 속에 아들과 손자들이 장례를 치를 때 고생할까봐 염려하면서 천명(天命)을 기다린 것이었다. 유득공은 어머니 홍씨에 대하여 "저절로 행실이 아름다웠으며, 행동하시는 것 하나하나가 모두 여인의 모범이었다."고 하였다. 또한, "가득 차도 자랑하지 않고 없어져도 슬퍼하지 않으셨다." 며 어머니홍씨를 높이 평하면서 어머니에 대한 행장을 썼다.

돌아가신 어머니 행장(先妣行狀) / 유득공(柳得恭)

외가의 내력

우리 어머니는 남양 홍씨시다. 시조는 홍선행(洪先幸)으로 고려 금오위 별장이시고, 8대조는 이조참의를 지내셨는데 무오사화(戊午士禍)에 걸려 세상에 널리 알려지셨다. 증조부는 홍수익(洪守翼)으로 목사를 지내셨고, 할아버지는 홍시주(洪時疇)로 평안도 병마절도사를 지내셨다. 아버지는 홍이석(洪以錫)으로 이원현감을 지내셨고, 어머니는 정부인(貞夫人) 우계(羽溪) 이씨(李氏)시다. (친가 내력 줄임)

어머니께서는 영조 원년 을사년(1725) 6월 16일에 태어나셨고, 지금 임금(순조) 원년 신유년(1801) 8월 5일에 돌아가셨다. 양주 송산(松山) 진좌(辰坐), 우리 아버님의 묘 왼쪽에 합장했다.

어머니의 친정 교육

우리 어머니는 열일곱에 시집오셨는데, 외할아버지는 재주와 책략이 이름난 벼슬아치들 사이에 널리 알려진 분이셨으며, 재산도 아주 많았다. 그런데 우리 집안은 대대로 유가(儒家)의 품격과 덕행이 있었다. 할아버지는 우리 어머니를 특별히 사랑하셨기에, 시집보내실 때 아주 성대하게 꾸며주셨다.

외할머니 정부인 이씨는 엄히 가르치는 분이셨기에, 어머니께서는 어렸을 때부터 여자들이 하는 일을 익히셨으며, 편지도 잘 쓰셨다. 하지만 한 번도 자만하지 않고 온순하게 효도와 공경을 다하기에, 할머니 신씨 부인의 사랑을 많이 받으셨다. 큰고모 김씨 부인은 엄숙하고 단정하여 선비같은 풍모를 띠셨기에 많은 친족들 가운데 훌륭하신 분으로 손꼽혔는데, 그분이 일찍이 어머니를 보고 감탄하시며 "내가 많은 사람을 보았지만, 홍씨 신부 밖에 없다."라고 하셨다.

외할아버지께서 늙으신 부모님을 모시고 남양(南陽)으로 내려가셨는데, 우리 어머니만 서울에 남는 게 염려되셔서 한 종을 골라 돈의문 밖에 물감 가게를 차려놓고 어머니가 사시는 집(우리 집)에 필요한 물건을 대게 하셨다. (줄임)

외가에서 학질을 치료해 주시다

임신년(1752)에 아버지께서 돌아가실 무렵, 우리 집에는 거듭 초상이 났다. 나는 겨우 다섯 살이었는데, 병에 잘 걸렸다. 외아들이어서 사람들이 몹시 걱정했다. 어떤 사람이 "큰 강을 건너 피해 가야만 괜찮아질 것이다"고 했다. 자다가 깼는데, 내가 가마 안에 있고, 노 젓는 소리와 배가 삐걱거리는 소리가 들렸다. 내가 어디냐고 여쭤보자, 어머니께서

"여기는 동작 나루다. 지금 남양으로 가고 있으니, 겁내지 말라."

고 하셨다. 그때 내 나이 일곱 살이었다.

외할아버지께서는 이미 돌아가셨고, 외할머니는 살아 계셨지만 몇 년 뒤에 돌아가셨다. (외가의) 재산도 조금씩 줄어들어, 어머니와 둘째 외숙모 김씨 부인이 함께 살림을 꾸려 나가셨다.

나는 여름에 걸렸던 학질이 가을까지 낫지 않아, 살 가망이 없어졌다. 태월이라는 여종이 있었는데, 죽어도 재혼하지 않겠다며 우리 어머니를 잘 섬기고 있었다. 태월이가 나를 등에 업고 깊은 숲에 들어가기도 하고, 산에 올라가 멀리 바라보며 나뭇단으로 등을 때리기도 하면서 학질을 쫓아냈다.

내가 장성해 장가를 들었을 때 태월이는 이미 죽고 없었다.

학문하는 가풍을 잊지 말아라

우리 외가는 대대로 무인(武人) 집안이었다. 외숙부들이 송골매를 팔에 얹고 말을 달리며 사냥했는데, 그 기백이 자못 호방했다. 아이들도 다 복숭아나무 가지를 깎아서 활과 화살을 만들어 산속에 들어가 참새를 잡으며 놀았다. 그런데 어머니께서 내게,

"너희 유씨 집안은 대대로 문묵(文墨)에 종사해 왔다. 그런데 네가 가풍을 따르지 않고 부귀만 취하려고 하느냐? 네가 이제 열 살이니, 본가로 돌아가야 한다. 이곳에 사는 것으로 만족하면 안 된다."

하시고, 마침내 가마를 마련해 외가를 떠났다.

나와 태월이는 소를 타고 따라갔는데, 기우제를 지내는 산굴 아래에 이르렀다. 낡은 기와에 짚으로 엮은 낡은 집이라서, 바람도 가리기 어려웠다. 할아버지께서는 해서(海西) 시역을 떠돌아 다니셨고, 숙부와 계부는 아직 장가도 들지 않고 있었다. 전에 지니고 있던 옷과 그릇 같은 세간도 거의 다 떨어졌고, 성서(城西) 쪽에 가지고 있던 밭도 이미 남의 손에 넘어갔으며, 물감 가게의 종들도 흩어져 버렸다. 하지만 어머니께서는 의연하게 처신하셨다.

바느질로 공부를 시키시다

얼마 뒤에 경행방(慶幸坊)으로 이사했다. 경행방에는 귀족들이 많이 살아서, 어머니가 아침저녁으로 그들의 옷을 바느질해 주고 돈을 버셨다. 나는 그 돈으로 책을 마련해 이웃 마을의 서당으로 다니며 공부했다. 내가 입고 다니던

옷이 몹시 곱고 아름다워서, 사람들은 내가 가난한 집 아이인 줄 몰랐다.

어느날 밤에 어머니께서 지체높은 집의 옷을 바느질하고 계셨고, 나는 돈 궤짝 위에 책을 놓고 읽고 있었다. 그런데 내가 갑자기 일어나 춤을 추다가 등잔을 건드려 어머니께서 바느질하던 옷에 등잔 기름이 흠뻑 배게 되었다. 어머니께서 당황하고 놀라셨지만, 어찌할 방법이 없었다. 그래서 바느질감에 드는 비용이 갑절로 들어간 뒤에야 그 일이 끝났다. 나중에 지체 높은 집의 부인이 여종을 보내 고마워하면서 말했다.

"우리 집에는 비단이 모자라지 않으니, 신경 쓰지 않아도 됩니다."

이웃들도 우리 어머니를 어질게 여기며 안타까워했다. (줄임)

살림을 며느리에게 넘긴 뒤에는 손녀들에게 한글로 역사를 가르치다

경인년(1770)에 할아버지께서 돌아가시자, 내가 집안의 제사를 받드는 중한 책임을 지게 되었다. 할아버지의 삼년상이 끝난 뒤에 나는 성균관의 생원이 되고, 밝으신 임금을 만나 내각(규장각)의 검서관(檢書官)으로 발탁되었다. 그뒤 20년간 여러 관직을 거쳤다. 포천현과 양근(陽根)과 가평(加平) 두 군의 수령으로 나갔을 때는 어머니를 임지로 모시고 가서 내가 받은 녹봉으로 봉양했다. 얼마 뒤에 관직이 3품으로 오르자 내 아내 전주 이씨가 숙부인(淑夫人)의 작위를 받았다.

나의 장남 유본학(柳本學)은 검서(檢書)를 맡았고, 차남 유본예(柳本藝)와 두 딸은 이미 장가들고 시집갔다. 어머니께서는 며느리에게 집안일을 넘긴 뒤에 온 집안을 깨끗이 청소하는 일만 하셨다. 손자며느리와 손녀들에게 한글로 쓴 역사 가운데 교훈이 될 만한 것들을 뽑아 읽게 하시고, 당신은 누워

서 들으셨다. (줄임)

낫지 않을 병이라 약을 물리치다

6월 16일에 아버지의 기일이 되자 어머니께서 곡을 하셨는데, 이때부터 건강이 좋지 않아져 자리에 누우셨다. 그래도 어머니는 억지로 일어나 혼자 용변을 보러 다니셨고, 남들이 부축하지 못하게 하셨다. 약을 올려드리면 못마땅하게 여기며,

"내 병이 약으로 나을 수 있다고 하더냐? 너희들을 보아서 한 번은 먹겠다만, 다시는 가지고 오지 말아라. 내가 먹지 않겠다."
라고 하셨다.

어머니께서는 내 큰아들 본학을 사랑하셔서, 사람들에게

"본학이가 6품에 올랐느냐?"
하고 여러 번 물으셨다. 본학이 6품으로 올라 상의원(尙衣院) 주부(主簿)가 되자 기뻐하며 말씀하셨다.

"본학이가 녹봉으로 받은 쌀로 빨리 죽을 끓여 오너라. 녹봉으로 받은 돈으로는 술을 사 오너라. 내가 한번 맛보아야겠다."

"아직 8월이 되지 않았느냐? 8월이 되면 좋겠다."

8월 전까지는 몹시 무더워 아들과 손자들이 (장례를 치르며) 고생하리라 생각하셨기 때문이다.

가득 차도 자랑하지 않고 없어져도 슬퍼하지 않으셨다

아아! 슬프구나. 차마 무슨 말을 더 하랴! 걱정과 즐거움, 영화와 쇠락이

서로 번갈아 가며 바뀌는 것은 일정한 이치다. 가득 차도 자랑하지 않고, 없어져도 슬퍼하지 않으면서, 내게 있는 것으로만 가꾸어 나가는 자는 천명 (天命)을 기다리는 자이다. 이는 군자도 하기 어려운 일인데, 우리 어머니께 서는 그렇게 하실 수 있었다. 『시경(詩經)』에

> 처음에 선하지 않은 이가 없으나
> 선으로 마치는 이는 적다.
> 靡不有初。鮮克有終。

했는데, 우리 어머니께서는 선하게 마치셨다. 힘쓰지 않아도 저절로 행실이 아름다웠으며, 행동하시는 것 하나하나가 모두 여인의 모범이었다. 내가 불 초해, 넘치는 아름다움을 감히 다 드러내지 못한다. (줄임)

편지와 음식을 평범하게 하셨다

어머니께선 부인들이 고어(古語)를 인용해 아름답게 꾸며 쓴 편지를 계속 주고받는 것을 매우 잘못된 것으로 생각하셨다.

"어찌 그리 잡스럽게 (편지를) 쓴단 말이냐?"

하시며 손녀들에게 경계하셨다. 친척들 가운데는 그렇게 쓰지 않으면 편지 가 너무 재미없다고 생각하는 이도 있었지만, 시간이 오래 지나자 다들 어 머니의 바른 뜻을 따랐다.

어머니께선 신기한 것을 좋아하지 않으셔서, 음식은 늘 평범한 것으로 올 려드려야 했다. 손녀들이 이따금 (기이한 음식) 잡수시기를 권하면 이따금 한번쯤 맛을 보시기는 했지만,

"오륙십년 전에는 이런 음식이 없었다."

하셨다. 손녀들이 웃으며 말씀드렸다.

"그렇다고 어찌 예전에 드시던 (함경도) 이원 땅의 고기와 (경기도) 남양 바다 속의 물고기를 가지고 올 수 있겠습니까?"

어머니께서도 이 말에 한바탕 웃으셨다.

어머니께선 평소 담(痰) 때문에 고생하셨는데, 소주를 약간 드시면 괜찮아지셨다. 그러나 내가 임지의 관원으로 있으면서 소주를 자주 올려드리는 것은 허락하지 않으셨다. 내가 그 이유를 여쭤보니, 이렇게 말씀하셨다.

"늙은 부인은 부인이 아니란 말이냐? 관아의 술이 없어지거나 떨어지는 일이 어찌 좋은 꼴이겠느냐?"

이렇게 작은 일에도 의연하게 스스로 삼가셨다. (어머니에 관한 훌륭한 글은) 감히 글 쓰는 군자에게 맡긴다.

아들 득공이 삼가 쓴다.

조선시대의 여성의 결혼은 시대의 조상을 잘 받들고, 자손을 잇기 위한 임무의 시작이었다. 따라서 여성교육은 현모양처를 최선의 덕목으로 하였다. 이 과정에서 여성은 오로지 자녀교육에 전념하여야 하고, 가정을 운영관리하는 주관자였으며, 가정일은 남편이 간섭할 수 없었던 점에서 가정에서의 부인의 지위는 절대적이었다.

홍씨는 혼인 전에 친정에서 충실히 교육받은 것으로 자녀교육을 철저히 하여 훌륭한 실학자 유득공을 탄생시켰다. 자녀를 교육시킬 때에는 맹모삼천지교(孟母三遷之敎)를 기본으로 지혜롭게 교육시켰다. 무인 집안의 친정교육을 피하여 학문하는 유씨 집안의 전통을 따르기 위하여 친정을 떠나기까지 하였다. 할머니가 되면서 손자 손녀들에게 역사와 문예를 잘 가르치며 훌륭한 스승의 역할을 하였다.
그리고 손자들이 높은 벼슬에 오를 때에는 많이 기뻐하였다.

조선시대 할머니의 역할이 어머니의 역할을 뛰어넘어 지대한 역
할을 한 것이 오늘 우리 할머니들에게도 그 맥락을 이어 손자 손녀
들의 생활교육뿐만 아니라 훌륭한 후원자의 역할을 해오고 있으니,
그 역할이 더욱 확대되기를 바란다.

이현일(李玄逸)의 어머니

정부인 안동 장씨 貞夫人 安東 張氏

이현일(李玄逸, 1627-1704)은 경상도 영해(寧海) 인량리(仁良里, 현경상북도 영덕군 창수면 인량리)에서 태어났으며, 퇴계학파의 적통인 외조부 장흥효와 중형 이휘일에게 수학하였다. 1646년(인조 24)과 1648년의 초시에 모두 합격하였으나 벼슬에 나아갈 뜻이 없어 복시를 단념하였다. 1652년(효종 3)에는 중형 이휘일과 공동으로『홍범연의(洪範衍義)』를 지었다. 1666년(현종 7) 영남 유생을 대표하여 송시열(宋時烈)의 기년예설(朞年禮說)을 비판하는 소를 올렸다. 문집으로『갈암집(葛庵集)』이 있으며, 문집 안에는「돈전수어(惇典粹語)」,「충절록(忠節錄)」,「율곡사칠서변(栗谷四七書辨)」등의 저술을 포함하고 있다.

학행으로 명성이 높았으며, 1678년(숙종 4) 공조정랑, 지평에 임명되어 외적의 용사와 당쟁의 폐단 등을 논하였다. 1690년 이조참판을 거쳐 세자시강원 찬선에 임명되어 세자책례(世子冊禮)에 참석하였고, 1692년에 다시 대사헌에 임명되었으며, 이후 병조참판, 우참찬, 이조판서에 연이어 임명되었다. 1694년 4월 인현왕후가 복위된 갑술환국

『홍범연의』 목판

先妣 贈貞夫人 張氏行實記

先妣夫人姓張氏安東府金溪里人高麗太師貞弼
之後世爲本州著姓父諱興孝以好學篤行爲學者
師世所謂敬堂先生者也。 仁祖癸酉後 昌陵
世子侍講院贊善成均館祭酒大夫吏曹參判兼
于當世立言之君子伏惟幸哀而垂察焉。
平生論議行實之大者與門閭世系之梗槪以請銘
逸又無所肖似恐無以顯揚遺志之萬一敢述其
書惟先君稟貞德秉直道不得伸其志以沒而如玄
上之十七年辛未二月乙巳孤嘉喜大夫吏曹參判兼

性聰明慈孝樂聞善言長先生惟一女奇愛之授以小
學十九史不勞而文義通曉者旣罷還入室召夫人問
元會運世之數莫有通曉者先生嘗與門人小子語及
之夫人纔十餘歲黙坐歷史歷數以對先生太奇之
自是朝夕之間面命口授無非聖賢格言夫人敬信
而敬守之必欲驗之日用行事間於詩於字書亦不
待學習而能濟風子鄭公允穆嘗見其所書法莫不
體驚駭曰筆勢勁勁不類乎人書法莫不我聞自然厭我
嘗有許曰忿外兩蕭蕭聲自然我聞自然厭我
參奉聖安東權氏以萬曆戊戌十一月乙巳生夫人

葛庵先生文集卷三十七
二十二

『갈암집(葛庵集)』에 실린 어머니 이야기

(甲戌換局) 때에 조사기(趙嗣基)의 죄를 구원하려다가 함경도 홍원현으로 유배되었다. 다시 서인 안세징(安世徵)의 탄핵을 받아 종성에 위리안치(圍籬安置)되었는데 당시 유배지에서 글을 가르치며 『수주관규록(愁州管窺錄)』을 완성하였다.

1697년 호남의 광양현으로 유배지가 바뀌었고, 1698년 갈은리(葛隱里)로 이배되었으며 1699년에는 방귀전리(放歸田里)의 명이 내렸다. 1700년 안동의 임하현 금소역(현 경상북도 안동시 임하면 금소리)에 이거하였다가 여기에서 북쪽으로 조금 떨어진 금양(錦陽, 현 경상북도 안동시 임하면 금소리 소재)에 집을 짓고 제생(諸生)을 강학하였다. 1704년에 인덕리(仁德里)로 이거하였다가 금소로 돌아와 금양에서 세상을 떠났다.

이현일은 퇴계학파에서 퇴계 학설의 가장 급진적인 옹호자였다. 조목(趙穆), 김성일(金誠一) 등 퇴계의 제자들은 퇴계의 이기호발설(理氣互發說)이 옳다고 여겨 별다른 언급을 하지 않았고, 장현광(張顯光), 정경세(鄭經世) 같은 이들은 율곡(栗谷) 이이(李珥)의 기발이승설(氣發理乘說)을 수긍하는 입장이었다. 이후 기호지방에서는 이이의 견해가 지배적이 되었다. 이러한 상황에서 이이의 주장을 공격하고 이황의 설을 옹호하기 시작한 인물이 이현일이었는데, 이이에 대한 적극적인 비판으로 인해 이이의 제자가 주축이 된 서인들에게는 요주의 인물이었고, 파란만장한 정치 역정과 인생이 여기에서 비롯되었다고 해도 과언이 아니다.

그러나 이현일은 그의 어머니(장계향(張桂香, 1598-1680))이 팔십 세가 넘도록 곁에서 뵐 수 있었던 복 많은 아들이었다.

이현일이 지은 어머니의 행실기를 보면 명문가에서 태어나 곧은 성품으로 한평생을 살아가신 어머니에 대한 애틋한 마음이 담겨 있다.

돌아가신 어머니 정부인 장씨 행실기
(貞夫人 張氏 行實記) / 이현일(李玄逸)

우리 어머니의 성은 장(張)이다. 안동부(安東府) 금계리(金溪里) 사람으로 고려 태사 장긍필의 후손이신데, 고을에서 대대로 명망있는 성씨였다. 아버지 장흥효(張興孝)는 학문을 좋아하고 행실이 독실해 학자들의 스승이 되셨으니, 세상에서 경당선생(敬堂先生)이라고 하는 분이다. 인조 계유년(1633)에 특별히 창릉(昌陵) 참봉(參奉, 종9품)으로 제수되셨다. 안동 권씨를 아내로 맞아 만력(萬曆) 무술년(1598) 11월 을사일에 우리 어머니를 낳으셨다.

친정아버지가 직접 가르치다

어머니는 총명하고 자애롭고 효성스러웠으며, 좋은 말을 즐겨 들으셨다. (외할아버지 경당) 선생에게는 외딸이어서 아주 사랑하셨다. 『소학(小學)』과 『십구사략(十九史略)』을 가르쳐 주면, 힘들이지 않고도 문장의 뜻을 아셨다.

선생께서 어느 설날 아침에 문인(門人) 소자(小子)들과 함께 토론하는데, 운수(運數)를 논하게 되자 환히 아는 자가 없었다. 모임이 끝나고 방에 들어와 우리 어머니를 불러 물어보셨는데, 어머니는 겨우 열 살 남짓이었는데도 잠시 말없이 생각하더니 하나하나 대답하셨다. 선생께서 매우 기이하게 여기셨다. 이때부터 아침저녁으로 직접 성현들의 격언을 가르치셨다. 어머니께서는 존경과 믿음으로 배우고 익혀 일상생활에서 반드시 그 가르침을 지키려 하셨다.

시와 글씨도 배운 것이 익숙해지기를 기다리지 않아도 잘하셨다. (줄임)

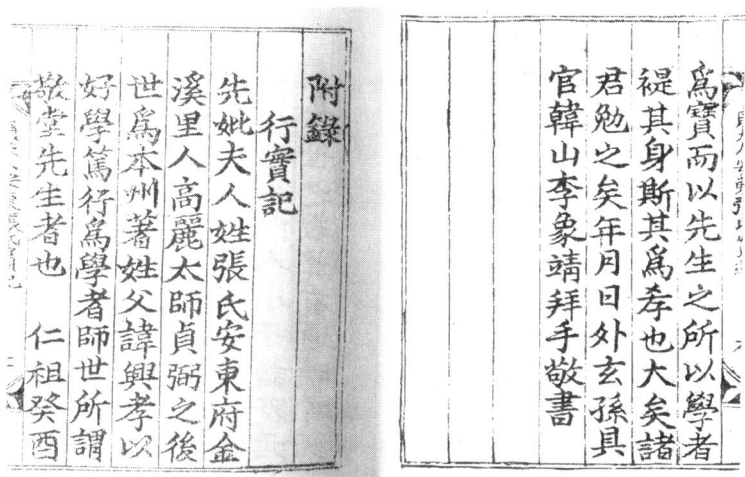

이현일 안동장씨「행실기」

이 몸이 바로 부모님의 몸이니

어찌 공경치 않으랴.

이 몸이 만일 욕을 당하면

부모님의 몸이 욕을 당하는 것이라네.

쏟아낸 말들이 다 이렇게 시원하면서도 단정하고 엄숙했다. 이런 일이 모두 열 살 전후에 있었던 일들이다. 조금 성장해 열다섯 살이 되자, 시 짓고 글씨 쓰는 것이 모두 여자가 할 바가 아니라고 생각해 끊어 버리셨다. 그래서 아름다운 글과 작품이 많이 남지 못했다.

배운 대로 태교(胎敎)를 하다

임신해서는『열녀전(烈女傳)』에서 경계한 것을 생각해 과일과 채소 가운

貞夫人 安東張氏杜香之像

정부인(貞夫人) 장씨(張氏) 표준영정

데 모양과 색깔이 바르지 않은 것은 입에 대지 않으셨다.

한번은 마을에 환갑잔치가 있어서 내외 친척들이 모두 모였다. 기생들이 악기를 연주하며 처용(處容)의 귀신가면을 쓰고 놀았다. 어머니께서는 마침 임신중이라서, 바로 고개를 숙여 시선을 거두고는 하루 종일 눈을 들지 않으셨다. 경당 선생께서 그 말을 들으시고는 "네가 배운 것을 저버리지 않았다고 할 만하구나!" 하고 감탄하셨다.

간곡하고도 자세하게 가르치시다

(어머니는) 아들 여섯과 딸 둘을 두셨는데, 몹시 사랑하셨지만 잘못하면 곧바로 꾸짖으셨다. 할아버지 승지공(承旨公)께서 돌아가시자 어머니께서 홀로 집안을 돌보셨는데 살림에 법도가 있었다. 시간이 있을 때마다 우리를 가르치셨는데, 반드시 효도와 우애, 충성과 신의, 공경과 태만, 의리와 욕심을 간곡하면서도 자세하게 거듭 말씀해 주셨다.

내가 어렸을 때에는 무슨 말을 들었는지도 모르고 함부로 지껄였는데, 지금까지도 머릿속에 남아 있는 어머니 말씀이 많다. 둔하고 어리석기 짝이 없어서 그 지극한 가르침을 그대로 따르지 못했지만, 그대로 지킨 것도 있다. 평생 막말과 깔보는 말을 입에 담지 않은 것은 실로 어머니께서 어릴 때부터 금하고 경계하셨기 때문이다.

성인을 배우면 닮을 수 있다

어머니께선 집안의 여러 부녀자와 남자, 아직 관례(冠禮)를 치르지 않은 아이에게도 반드시 옛사람의 의리를 말하며 선(善)으로 이끌어 주셨고, 의

장씨가 태어난 경당고택

리가 아닌 것은 용납하지 않게 하시려는 뜻이 간절했다. 일찍이 이렇게 말
씀하셨다. (줄임)

"성인은 사람에게서 난 자가 아니어서 범상함을 넘어 뛰어난 일을 하니,
참으로 따라갈 수가 없다. 그러나 그 모습과 언어는 애당초 사람과 다름이
없어서 행하는 바가 모두 인륜과 일상생활에 있는 것이니, 배우고 익히면
닮을 수 있다. 사람이 배우지 못하는 것을 안타까워하며 진실로 공부한다면
무엇이 어렵겠는가?" (줄임)

또 여러 자녀들에게 경계하는 말씀도 하셨다.

"너희들이 문장을 잘한다고 소문이 나도 나는 귀하게 여기지 않겠다. 다만
한 가지 선이라도 행했다는 말을 들으면, 그것은 기뻐 잊지 않을 것이다."

석계고택(이시명과 안동 장씨 부부가 살았던 곳)

아버지를 뒤에서 도와 드리다

성품이 엄한 아버지가 노하시면 어머니께서 조용한 말로 누그러뜨려서 잘못되지 않게 하셨다. 아버지를 이렇게 칭찬하며 감탄하신 적이 있었다.

"공이 이미 세속을 피해 집에만 계시면서 시(詩)와 예(禮)로 자손들을 훈계해 이끄셨다. 그러니 이 세월 속에 힘써 아이들을 거느리시며 학문과 예를 가르쳐 큰 빛으로 뒷사람들의 길도 열어주지 않으시겠는가?"

아버지께서 그 말을 듣고 기뻐하셨다. 후학들이 오면 초하루와 보름에 『소학(小學)』과 성리서(性理書)를 강의하셨고, 틈이 나면 향사례(鄕射禮)에서 선비들이 서로 만나는 예식을 행하게 해, 후학들이 힘써 나아가게 하셨다. (이 모두) 어머니께서 내조하신 공이 컸다. (줄임)

아들이 출세해도 기뻐하지 않다

(아버지의) 둘째아들 휘일(徽逸)은 어머니의 몸에서 태어난 첫 번째 아들로, 행실이 어질어서 어머니께서 특별히 사랑하셨고, 두 딸과 막내아들 운일(雲逸)도 평생토록 생각하셨다. 불행하게도 아버지께서 돌아가시자 사람들은 어머니께서 반드시 슬픔으로 몸이 상할 것이라 생각했으나, 정을 절제하고 슬픔을 억눌러 상하게 하는 데까지는 이르지 않으셨다.

정사년(1677)에 불초(不肖)가 아버지의 음덕(蔭德)으로 외람되게 임금님을 가까이서 모시다가 나라의 경사로 잔치가 열렸는데, 임금님께서 친히 관작을 내리셨다. 하지만 어머니께서는 쌀과 콩, 명주와 음식만 받으셨다. 사람들이 다 영화롭게 여겼지만, 어머니께서는 기쁜 기색이 없어 도리어 이렇게 말씀하셨다.

"나는 너희가 아직도 네 아버지의 훌륭한 점을 따라가지 못하니 슬프다. 앞으로 더욱 행실을 닦고 선을 행해야 한다."

어머니께서는 경신년(1680) 7월 갑오일에 석보(石保)의 시골집에서 돌아가셨다. 향년 83세였다.

작가 이문열의 장편소설 「선택」에서 작가는 "우리의 삶에 한 본보기가 될만한 여인상을 역사 속에서 발굴해 내는데 있었다."라고 자신의 작품구상의 의도를 밝혔다. 그 본보기가 되는 여인이 바로 정부인 안동 장씨이다. 작품의 전개 과정에서 주인공의 인생관을 잘 그리고 있다. 예를 들면 "나는 일찍이 성취가 있었던 학문과 재예를 스스로 버리고 부녀의 길을 선택했다. 그 부녀의 길에서 가장 큰 것은 어머니의 길이고 그 성취는 자식으로 드러난다.", "백권의 책을

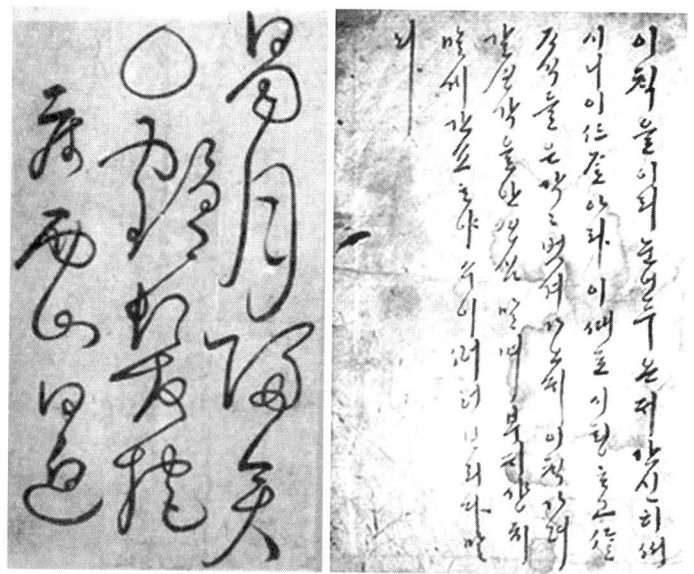

좌) 안동 장씨 시   우) 딸들에게 전하는 글

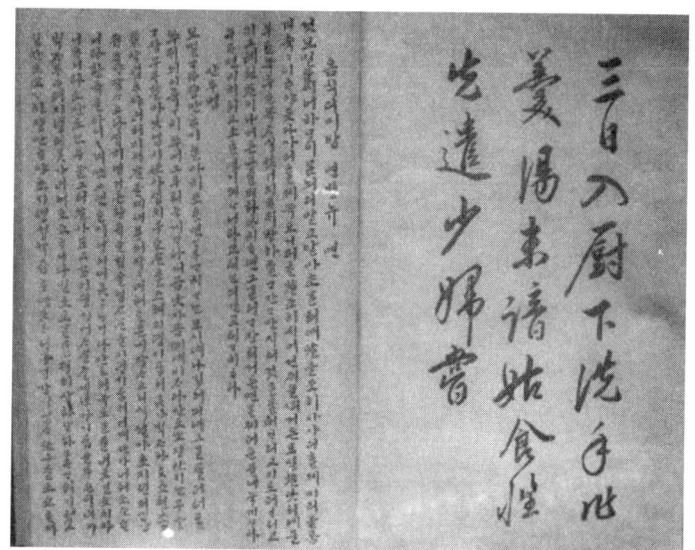

음식디미방 원본

안동 장씨 유적비

남기고 천폭의 그림과 만 수(首)의 시를 남겼다 한들 아이들과 아이
들의 이어지는 끝없는 세상과 어찌 바꿀 수 있으리"라고 말하면서
"어머니는 여성이 가질 수 있는 이름 중에서 가장 아름답고 크고 중
한 이름이다."라고 어머니의 존재가치를 높이 말하였다.

　현대 사회에서 여성들이 자기 역할에 충실하려면 한 사람이 몇 가
지 일을 담당하여야 한다. 우선 사회가 여성참여의 기회를 넓혀주고
여성의 기회를 향상시키고 여성의 참정권을 남성과 동등하게 하고
있기 때문에 여성은 자기 역할의 범주를 넓혀야 하며, 자기 성취를
가정에서도 성취시켜야 한다.

　아내로서 어머니로서 할머니로서의 역할이 몇 갑절 충실하지 않
으면 자기의 권리와 의무를 확보하기 어렵다. 간혹 여성 중에는 자

기의 의무를 다하지 않고 아내로서 어머니로서의 권리만 주장하는
이도 있지만, 현대 사회는 충실한 여성의 역할로도 자기실현의 기회
를 얻기 어렵다. 사회가 복잡하고 발전할수록 여성에게 요구하는 일
들은 많아지기 마련이다. 조선시대의 대가족제도에서 여성들의 적
극적인 역할이 있었듯이, 사회참여와 여성 지도자들의 참여도가 높
아지기 때문에 어머니의 적극적인 역할과 자기실현이 요구된다.

반면에 자기 성취만 요구하고 가정관리나 남편의 내조, 아이들의
교육이 소홀하게 되면 어머니로서의 가장 중요한 역할이 훌륭하게
이루어질 수 없다. 장씨는 살림하면서 음식 만드는 법도 자세히 기록하
여 후손들에게 남겼는데, 『음식디미방(飮食知味方)』이라는 이름 그대로
맛갈있는 음식을 만들어 남편과 아이들에게 내어놓는 방법을 소개한
책이다. 아내와 어머니로서 맡은 바 소명부터 다하는 것이 한국 여성의
전통적 뿌리내림과 한국여성의 정체성을 밝히는 소중한 일이다.

김만중(金萬重)의 어머니

정경부인 해평 윤씨 貞敬夫人 海平 尹氏

서포(西浦) 김만중(金萬重, 1637-1692)은 조선 후기의 문신으로, 본 관은 광산(光山), 자는 중숙(重淑), 시호는 문효(文孝)이다. 조선조 예학(禮學)의 대가인 김장생(金長生)의 증손이며, 충렬공(忠烈公) 익겸(益謙)의 유복자이다. 또한 광성부원군(光城府院君) 만기(萬基)의 아우로, 숙종의 초비(初妃)인 인경왕후(仁敬王后)의 숙부가 되는 그는 『구운몽』・『사씨남정기』 등과 같은 소설의 작가로 널리 알려졌다.

그의 어머니 해평 윤씨는 해남부원군(海南府院君) 윤두수(尹斗壽)의 4대손이다. 영의정을 지낸 문익공(文翼公) 방(昉)의 증손녀이고, 이조 참판 지(墀)의 딸이다.

『구운몽』이 어머니를 위해 쓴 작품으로 널리 알려졌듯이, 김만중은 성장하면서 어머니의 남다른 가정교육을 통해 많은 영향을 받았다. 아버지가 일찍이 1637년(인조 15) 정축호란 때 강화도에서 순절한 까닭에, 형 만기와 함께 어머니 윤씨만을 의지하며 살았다. 윤씨 부인은 본래 가학(家學)이 있어 두 형제들이 아비 없이 자라는 것에

김만중(金萬重, 1637-1692)

대해 항상 걱정하면서 남부럽지 않게 키우기 위한 모든 정성을 다 쏟았다고 전해진다.

궁색한 살림 중에도 자식들에게 필요한 서책을 구입함에 값의 고하를 묻지 않았으며, 또 이웃에 사는 홍문관 서리를 통해 책을 빌려내어 손수 베껴서 교본을 만들기도 하였다. 『소학』·『사략(史略)』·『당률(唐律)』 등을 직접 가르치기도 하였다.

김만중은 어머니로부터의 이러한 교육을 받고 14세인 1650년(효종 1)에 진사초시에 합격하고 이어서 16세인 1652년(효종 3)에 진사에 일등으로 합격하였다.

그 뒤 1665년(현종 6) 정시문과(庭試文科)에 급제하여 벼슬길에 나갔다. 1666년(현종 7)에는 정언(正言)을, 1667년(현종 8)에는 지평(持平)·수찬(修撰) 등의 관직을 역임하였다.

1668년(현종 9)에는 경서교정관(經書校正官)·교리(校理)가 되었다. 1671년(현종 12)에는 암행어사로 신정(申晸)·이계(李稽)·조위봉(趙威鳳) 등과 함께 경기 및 삼남지방의 진정득실(賑政得失)을 조사하기 위해 파견된 뒤에 돌아와 부교리가 되었다. 1674년(현종 15)까지 헌납·부수찬·교리 등을 지냈다.

1675년(숙종 1) 동부승지(同副承旨 정3품)로 있을 때에 인선대비(仁宣大妃)의 상복문제로 서인이 패배하자 관작을 삭탈당했다. 30대의 득의의 시절에서 고난의 길로 들어서고 있었던 것이다. 그 동안에 그의 형 만기도 2품직에 올라 있었고 그의 질녀는 세자빈에 책봉되어 있었다.

그러나 2차 예송(禮訟)이 남인의 승리로 돌아가자, 서인은 정치권에서 몰락되는 비운을 맛보게 된 것이다. 그로부터 5년 뒤인 1680년

『구운몽도(九雲夢圖)』

(숙종 6) 남인의 허적(許積)과 윤휴(尹鑴) 등이 사사(賜死)된 이른바 경신대출척에 의해 서인들은 다시 정권을 잡게 된다.

　그는 이보다 앞서 1679년(숙종 5) 예조참의로 관계에 복귀하였다. 1683년(숙종 9)에는 공조판서(정2품)로 있다가 대사헌이 되었고, 3년 뒤인 1686년(숙종 12)에는 대제학이 되었다.

1687년(숙종 13)에 다시 장숙의(張淑儀)일가를 둘러싼 언사(言事)의 사건에 연루되어 의금부에서 추국(推鞠)을 받고 하옥되었다가 선천으로 유배되었다. 1년이 지난 1688년(숙종 14) 11월에 배소에서 풀려나왔으나, 3개월 뒤인 1689년(숙종 15) 2월 논핵(論劾)을 입어 극변(極邊)에 안치되었다가 곧 남해(南海)에 위리안치(圍籬安置)되었다.

이러한 와중에서 그의 어머니인 윤씨는 아들의 안위를 걱정하던 끝에 병으로 죽었다. 효성이 지극했던 그는 장례에도 참석하지 못한 채로 1692년(숙종 18) 남해의 적소(謫所)에서 56세를 일기로 숨을 거두었다. 1698년(숙종 24) 그의 관작이 복구되었으며, 1706년(숙종 32)에는 효행에 대하여 정표(旌表)가 내려졌다. 다음은 효자 김만중이 지은 어머니의 행장이다.

돌아가신 어머니 정경부인 행상
(先妣 貞敬夫人 行狀) / 김만중(金萬重)

정혜옹주의 손녀로 태어나시다

(어머니의) 아버지 참판공은 다른 자녀가 없었고, (할머니) 정혜옹주께서도 다른 손자가 없이 오직 우리 어머님 한 분 뿐이었다. 그래서 옹주께서 몸소 어머니를 안고 길러 주셨다. 입으로 『소학(小學)』의 글을 가르쳐 주셨는데, 어머님은 어려서부터 지혜가 있고 총명하셔서 한번만 가르쳐 주면 바로 입으로 따라 하셨으니, 옹주께서는 항상 "아깝구나, 여자가 되다니!"라고 하셨다.

차츰 자라나자 의복이나 음식을 넉넉하고 사치스럽게 해주지 않으시며, "다음에 가난한 선비의 아내가 된다면 어떻게 이처럼 오래도록 견딜 수 있 겠느냐?"라고 하셨다. 우리 아버님에게 시집오실 때에는 훈계하시기를 "너 의 집안은 예법의 가문이다. 혹시라도 부인의 도리에 어긋나 나를 부끄럽게 해서는 안된다."라고 하셨다. 그 분의 훈계하고 깨우쳐 주심이 그러했기 때 문에 어머님은 그때 나이 14세 밖에 안 되었지만 남편 가족들의 대단한 칭 찬을 받을 수 있었다.

정축호란에 남편이 순절하시다

인조 15년(1637)의 정축호란에 우리 아버님께서 강화도에서 순절(殉節)하 실 때에 어머님은 마침 임신 중이시고 산달(産月)이셨다. 친정어머니 홍부 인께서 포구(浦口)에 함께 계시다가, 배를 얻어 탈 수 있어 재앙을 벗어나셨 다. 돌아가신 나의 형님은 그때 겨우 5세였고, 불초 만중은 뱃속에서 아직 나오지 못한 때였다.

난리가 진정되자 두 고아를 이끌고 부모의 슬하로 의지하러 돌아오셔, 안 으로는 홍부인을 좌우로 보살펴 드리며 집안 살림을 처리하셨고, 밖으로는 아버지 참판공을 봉양하시며 옛날의 효자처럼 뜻에 맞게 받들었다. 겨를이 있을 때마다 경서나 역사책을 읽으시며 스스로 즐기시니, 날마다 식견이 밝 고 넓어지셨다. 이렇게 되자 참판공은 아들 없는 슬픔을 거의 잊으셨고, 친 정할아버지 문목공께서도 탄식하시기를 "내 손녀와 함께 이야기를 할 때마 다 마음과 가슴이 활짝 열림을 느끼게 되니, 만일 사내아이라면 어찌 우리 집안의 한 사람 대제학(大提學)이 아니겠느냐?"라고 하셨다. (줄임)

남편 김익겸과 합장된 윤씨 부인의 묘

소학(小學)과 당시(唐詩)를 손수 가르치시다

이때부터 집안 살림이 더욱 어려워져 손수 수놓는 일까지 하면서 조석거리를 대셨지만, 언제나 태연스럽게 여기셨을 뿐, 걱정하거나 근심하는 얼굴을 보이신 적이 한번도 없었다. 불초한 우리 형제들이 알아차리지 못하도록 하셨다. 우리 형제가 어릴 때부터 집안 살림의 자잘한 일에 마음을 쓰게 되면 책을 읽고 공부하는 데에 방해가 될까봐 염려해서 그렇게 하셨을 것이다.

불초한 우리 형제들은 어려서 집 밖의 스승이 없이 배웠는데 『소학』이나 『사략』, 『당시』같은 종류의 책들은 어머님께서 손수 가르쳐 주셨다. 그분의 자애로움이야 남달리 심하셨지만, 공부하는 과정을 독려하심에는 매우 엄격하셨다. 항상 하시는 말씀에, "너희들은 다른 사람들과 비교되지 않는다. 뒷날에 재주와 학문이 남보다는 반드시 한 등급을 넘어야 한다. 그래야 겨우 일반 사람의 대열에 낄 수가 있다. 사람들이 행실이 없는 사람을 욕하면서 '과부의 자식'이라고 꼭 말하는데, 이 말을 너희들은 의당 뼈에 새겨두어야 한다."라고 하셨다.

회초리로 때리고 울며 타이르시다

불초 형제들에게 잘못이 있으면 반드시 몸소 회초리를 잡아 때리고 울면서 말씀하셨다. "너희 아버지가 너희 형제를 나에게 맡기고 돌아가셨다. 너희들이 지금 이와 같은 짓을 하는데, 내가 어떻게 지하에 가서 네 아버지 얼굴을 대면하겠느냐? 제때에 배우지 않고 사는 것은 빨리 죽는 것보다 못하다."라고 하셨으니, 그분의 말씀이 애통하고 간절함이 이와 같았다.

돌아가신 형님의 글솜씨야 비록 본래의 성품에서 나왔다 하더라도 그분의 문예와 학업이 일찍 이루어졌음은 어머님께서 격려해 주신 힘이 차지하는 부분이 많았으며, 만중(萬重)과 같이 어리석고 우둔하여 스스로 포기해 버린 사람이야 가르쳐 주지 않으셨다면 오늘날에 이르지 못했을 것이다.

책을 빌려다 베껴 주시며 가르치시다

그때는 난리를 겪은 지 오래 되지 않아, 아무리 애써도 서적을 구하기 어려웠다. 『맹자』나 『중용』같은 여러 책들은 대부분 어머님께서 곡식을 주고 바꾸셨다. 『춘추좌씨전(春秋左氏傳)』을 팔려는 사람이 있었는데, 형님이 그 책에 몹시 애착을 느끼셨지만 책의 권질(卷帙)이 많은 것을 보고는 감히 값을 물어보지 못했는데, 어머님께서 곧장 베틀의 명주 베를 잘라서 그 책값으로 지불하셨다. 이것 밖에 다른 재물이 없어서였다.

또 홍문관(弘文館)의 아전으로 있는 사람에게 부탁하여 홍문관의 사서(四

書)와 『시경언해(詩經諺解)』를 빌려 오게 하여, 모두 손수 베끼셨다. 글자체가 구슬을 꿰어 놓은 듯 정밀하고 세밀하여, 획 하나라도 소홀함이 없었다. (줄임)

네 몸을 아끼고 나 때문에 걱정하지 말아라

이 해 가을에 만중(萬重)이 상소했던 일 때문에 평안도 변방으로 귀양가게 되자, 어머님께서 성 밖에까지 나오셔서 배웅해 주시며, "산과 바다를 건너는 귀양살이 행차야 옛날의 어진이들도 벗어나지 못했던 바다. 가는 길에 네 몸이나 아끼고, 나 때문에 걱정하지 말라"고 하셨다. 이듬해에 나라에 큰 경사가 있어 은혜를 입고 돌아와 어머님을 모신 지 오래지 않아 기사년(1689)의 화란이 일어나 다시 소환되어 감옥에 갇혔는데, 오래지 않아 사형은 면하고 경상도 남해(南海)로 위리안치(圍籬安置) 당했으며, 손자 세 명도 이어서 먼 바닷가의 섬으로 귀양갔다.

어머님은 평소에 담으로 인한 천식의 질환이 있어 추워지기만 하면 곧바로 병이 났는데, 형님이 돌아가신 뒤부터 연달아 근심스럽고 슬픈 일만 당하여 묵은 증세가 더해졌다. 그 해 겨울이 되자, 병환이 위독하게 되었다. 그런데도 오히려 손자나 증손자들에게 타이르시기를, "집안이 어렵다고 해서 스스로 꺾이지 말아라. (죄인의 아들이라) 쓸데없다고 해서 학업을 포기하면 안된다."고 하셨다. 상에 올리는 반찬이나 음식이 약간이라도 진귀하고 색다른 것이 있으면 바로 기뻐하지 않으시며, "우리 집안의 음식은 처음부터 이러하지 않았다"고 하셨다.

운명하시기 며칠 전에 조용하고 돈독하게 부지런하고 검소하라는 말씀을 며느리나 손자며느리들에게 당부하셨고, 그것 말고는 아들 하나와 손자 세

명이 풍토병이 심한 먼 시골에 있는 것만 염려하시며 말씀하셨다. 나머지는 마음에 두고 걱정하시는 것이 없으셨다. 아아, 가슴 아프구나! (줄임)

나의 생애를 과장해서 쓰지 말아라

어머님께서 예전에 여러분들의 비문이나 묘지문들을 읽어 보시고는 '부인의 덕을 너무 지나치게 칭찬한 점이 병통이라' 하시면서, "여자의 안방 생활을 남들이 알 수 없으니, 붓을 잡은 사람들이 오직 (자손들의) 가장(家狀)에만 의거했을 게다, 그러니 (자손들이 과장한) 그 말을 더욱 증명할 수 없구나. 그렇지 않다면 우리나라에 어찌 그다지도 어진 부인들이 많다는 말이냐?"라고 하셨다. 그 말씀이 아직도 귓가에 쟁쟁하게 들리는 듯하다.

이제 어머님의 덕을 기술하는 글을 씀에 있어서, 감히 글자 하나인들 꾸며대지 못하니, 차라리 너무 간략하다는 잘못이나 없게 하려고 하는 것은 대체로 우리 어머님의 평소 고상한 뜻을 따르려는 것이다.

숙종 16년(1690) 8월 어느 날에 불초 고애자(孤哀子) 만중은 눈물을 흘리고 울면서 삼가 짓습니다.

「정경부인 행장」을 살펴보면, 윤씨의 엄격하면서도 온유하고 지혜로운 교육 철학을 알 수 있다. 윤씨는 아들 김만중에게 "제 때에 배우지 않고 사는 것은 빨리 죽는 것보다 못하다"라고 하였는데, 이러한 가르침은 마치 "배우지 않는 사람은 삶의 의미가 없다"라는 말과 같다.

교육은 한 사람의 인격을 형성하는 요소이며 조건이다. 우리 어머니들의 교육은 교육학의 훌륭한 이론이 아니다. 「정경부인 행장」에서 보듯이, 어머니의 교육은 자녀들에게 애착을 가지고 어머니가 책을 읽는 모습을 보이는 것이다. 어머니가 열심히 살아가는 모습을 보이는 것이다. 어머니와 가족 관계에서 모든 것을 보고, 듣고, 행동하는 것을 보고, 듣고, 행동하는 것이다.

오늘날 우리 어머니들의 역할 역시 자녀교육에 최선을 다하고 있다. 한국의 어머니들이 자녀교육에 훌륭한 교육자라는 평가를 받는 것도 전통사회의 맥락에서 보면 우리 할머니, 어머니로부터 물려받은 교육이념의 실현이라고 생각한다.

최창대(崔昌大)의 어머니
경주 이씨 慶州 李氏

　　최창대(崔昌大, 1669-1720)는 조선 중기의 문신이며 학자로, 본관
은 전주이고 자는 효백(孝伯), 호는 곤륜(昆侖)이다. 영의정을 지낸
명길(鳴吉)의 증손자로 영의정 석정(錫鼎)의 아들이다.

　　그는 1694년 별시문과(別試文科)에 급제하여 검열(檢閱)·부수찬(副
修撰) 등을 지냈으며, 1698년에는 암행어사가 되었다. 이어 교리(校
理)·이조좌랑(吏曹佐郎)을 지냈고 1704년 사서(司書)·이조정랑(吏曹
正郎)이 되고 1706년 사간(司諫)을 거쳐 1711년 대사성(大司成)에 이르
렀다. 같은 해 개성부유수(開城府留守)에 임명되었다가 파직 당하였
지만, 그 후에도 이조참의를 거쳐 부제학(副提學)등을 지냈다.

　　최창대는 제자백가(諸子百家)와 경서(經書)에 통달하였고 문장에 능
통하였으며, 글씨도 잘 썼고, 많은 저술을 지었지만, 산실되고『곤륜
집(崑崙集)』20권 10책만이 남아 전한다.

　　그의 어머니 경주 이씨(慶州 李氏)의 아버지는 화곡공(華谷公) 이경
억(李慶億, 1620-1673)이며, 어머니는 신씨(申氏)이다. 이씨는 어려서

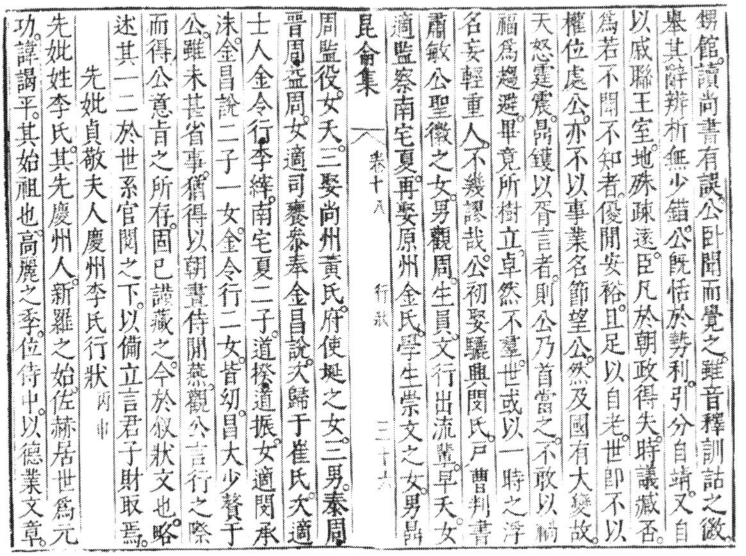

甥館讀尚書有誤公卧聞而覺之雖音釋訓詁之微
舉其辭辨析無少錯公旣恬於勢利引分自靖又自
以戚聯王室地孫疎遠臣凡於朝政得失時議臧否
爲若不聞不知者優閒安裕且足以自老世卽不以
權位處公亦不以事業名節望公然及國有大變故
天怒霆震鼎鑊以脅言者則公乃首當之不敢以禍
福爲趨避畢竟所樹立卓然不羣世或以一時之浮
名妄輕重人不幾謬哉公初娶驪興閔氏戶曹判書
肅敏公聖徵之女男觀周生員文行出流輩早夭女
適監察南宅夏再娶原州金氏學生崇文之女男昌

昆侖集 卷十八 行狀 三十六

周監役女夭三娶尚州黃氏府使埏之女三男泰周
晉周益周女適司饔參奉金昌說次歸于崔氏次適
士人金令行李緯南宅夏二子道揆道振女適閔承
洙金昌說二子一女金令行二女皆幼昌大少贅于
公雖未甚省事猶得以朝晝侍閒燕觀公言行之際
而得公意旨之所存固已識藏之今於敍狀文也略
述其一二於世系官閥之下以備立言君子財取焉

先妣貞敬夫人慶州李氏行狀 丙申

先妣姓李氏其先慶州人新羅之始佐赫居世爲元
功諱謁平其始祖也高麗之季位侍中以德業文章

최창대의 문집 『곤륜집』에 실린 어머니 이야기

부터 친정아버지와 어머니뿐만 아니라 숙부인 춘전공(春田公)의 지극한 사랑을 받고 자랐다. 이씨의 어머니 신씨는 경서(經書)와 역사에 통달하였다. 특히 외동딸 이씨에게 정성을 다하여 언문(諺文)을 잘 가르쳤으며, 현모양처의 도리와 국사의 국가 성패에 관하여도 철저히 교육시키고, 역사의식을 심어주었다.

이러한 교육을 몸에 익힌 이씨는 성품이 고상하고 영민하여 시비판단이 분명하였다. 집안의 대소사를 지혜롭게 처리했을 뿐만 아니라, 친정어머니의 가르침과 자식 사랑하는 법까지도 자녀교육에 활용하였다.

특히, 이씨는 정치의식과 사회참여의식도 남달랐다. 선비의 도리를 남편에게 일깨워주며 남편으로 하여금 정사년(1677)과 무오년(1678) 중에 처음 홍문관에 들어가서 임금께 상소하도록 하였다. 이씨의 뜻을 따라 상소를 올린 남편은 잠시 관직에서 물러나게 되었으나 결국 경신년(1680)에 다시 등용되게 된다. 이후, 이조판서를 맡고 또 재상이 되어 여러 차례 조정의 요직을 맡았다.

이씨는 규방의 여성으로서 정치와 사회문제에 관하여 날카롭게 시비를 가려 판단하였는데, 국정의 모든 일들에 관심이 많아서 조정에서 행한 조치를 들으면 그것이 잘못되었을 때는 몹시 걱정하여 한탄할 정도였다. 조선 시대 여성으로서는 남성 못지않은 비판력을 가지고 있었던 이씨는, 아들들에게는 붕당(朋黨)에 들지 못하게 하였다.

자녀교육에 있어서 사람의 인품을 식별하는 법과 사물을 식별하고 판단하는 능력을 길러 주었다. 이씨는 아들들에게 덕이 있는 친구와 사귀도록 가르쳤으며, 시 짓기 보다는 덕행과 기량을 닦으라고 권면하였다. 시를 창작하는 감성 보다는 지성을 기르도록 가르쳤다. 그리고 골상(骨相) 보다는 심상(心相)을 중히 여기며 관상을 골상 보다 낮게 보았다.

이러한 어머니에 대해 기억이 담겨 있는 「선비유사(先妣遺事)」를 살펴보기로 한다.

돌아가신 어머니 이야기(先妣遺事) / 최창대(崔昌大)

할머님에게 배우신 언문과 자식 사랑

어머니가 태어났을 때 젖을 떼느라, 할머니 신씨(申氏) 부인께서 데려다 키우셨다. 특별히 사랑하셔서 밤에도 품에서 떨어지지 않게 하셨다. 숙부 춘전공(春田公)과 아버지 화곡공(華谷公)께서도 마음으로 가까이 사랑하셨으니, 귀중히 여기심이 다른 아이들과 달랐다. 신씨 부인은 어느 한 곳에 치우침 없게 바르고 부드러우셨으며, 경서(經書)와 역사에 환하셨고, 의리에도 통달하셨다. 어머니를 몹시 사랑하셔서, 모든 일을 가르치셨다. 여자들이 하는 일과 언문(諺文) 뿐만 아니라, 어질고 지혜롭던 옛 여인들과 재상들이 자식을 가르친 바른 방법, 어질거나 사악한 인물, 국가의 성패에 이르기까지 함께 가르치셨다. 어머니께서는 일을 살피고 아는 데 밝고 큰일에 관한 토론을 잘해, '상달(上達)'에 속한다고 할 만했다. 천성만 고상하고 현면한 것이 아니었다.

화곡공 형제는 이조와 병조의 판서를 번갈아 맡으면서 늙을 때까지 함께 사셨다. 춘전공은 장성한 아들 여섯을 두셨고, 화곡공은 장성한 아들 셋을 두셨다. 딸은 어머니 밖에 없었다. 춘전공과 화곡공이 어머니를 각별히 사랑하고 귀히 여기셔서, 사람들이 '이판서댁 아홉 남자 중 아가씨'라고 불렀다. (줄임)

바른말로 죄인 되는 것이 선비의 영광이다

아버지가 정사년(1677)과 무오년(1678) 사이에 처음 홍문관에 들어가셨다. 이때 임금께서 어리셔서 소인배들이 나라를 혼란스럽게 했고, 예전 신하들 가운데 죄인의 처지가 된 이가 많았다. 아버님께서는 상소하여 시사(時事)를 논하려 했으나, 늙으신 부모님을 두고 유배될 것이 걱정되었다. 그러자 어머니가 그걸 알고 말씀했다.

"바른말 때문에 죄인이 되는 것은 공부한 선비로서 영광입니다. 지금 권세를 잡은 자들은 오래갈 리 없는데, 무엇을 의심하십니까?"

아버님께서는 결국 어머니의 뜻을 옳게 여겨 상소하였고, 사헌부와 사간원에서는 계(啓)를 올려 (아버지를) 멀리 유배시킬 것을 청하였다. 그로부터 반년이 자나자 끝내 관직에서 쫓겨나셨지만, 경신년(1680)에 소인배들이 쫓겨나자 아버님께서 다시 등용되셨다. (줄임)

담뱃대로 내 머리를 때리시며

기미년(1679) 가을에 내가 어린 나이로 공부하는데, 마침 『당시품휘(唐詩品彙)』 한 질을 팔러 온 사람이 있었다. 책이 깨끗하고 좋았는데, 집에 그 책이 없었다. 사고 싶다고 어머니께 부탁드리자, 집안이 몹시 어려웠지만 어머니께서 비녀와 팔찌를 내어놓고 말씀하셨다.

"아이가 책을 사고 싶어하는데, 어찌 입고 먹는 것이 부족하다고 해서 그 좋은 뜻을 물리칠 수 있겠느냐?"

어머니는 보통 모자 사이와 비교할 수 없을 성노로 지극히 나를 사랑해 주셨다. 하지만 공부에 힘쓰게 하고 가르치며 꾸짖을 때에는 (사랑에 치우치지 않고) 바른 도리로만 판단하셨다. 기미년(1679)과 경신년(1680) 사이에 아버지께서 벼슬하시기도 하고 물러나 계시기도 했는데, 나는 그때 어리고 미혹하고 무지해 책 읽기를 싫어하고 이리저리 떠돌며 놀았다. 어머니는 늘 아주 심하게 꾸짖으며 가르치셨다. 잘못을 고치지 않으면 매로 때리기도 하셨는데, 한번은 담뱃대로 내 머리를 때리셔서 상처까지 났다. 이렇게 엄하게 가르쳐 바로잡으셨다. (줄임)

시인보다 덕 있는 친구와 사귀어라

어머니께서는 내게 문학에 힘쓰라고 하셨으나, 늘 기량이나 도량을 중요하게 생각하셨다. 내가 젊은 시절에 시 짓는 것을 지독하게 좋아해 시 잘 짓는 사람들과 어울려 늘 시를 주고받았더니, 어머니께서 경계하셨다.

"시인은 원래 가볍고 천박하며 실제도 없이 한결같이 짓는 것만 좋아한다. 그러니 덕행과 기량을 닦는 방법이 되지 못한다."

내가 이 말씀 때문에 시와 술과 함부로 가볍게 노는 버릇을 벗어 버리게 되었다.

나는 젊을 때 심사중(沈思仲)과 가깝게 지냈는데, 사중은 어머니의 칠촌 조카다. 어머니께서 언젠가

"내가 사중의 사람됨을 한번 보고 싶구나."

하셨다. 나중에 사중이 우리 집에 찾아왔을 때 어머니께서 함께 만나자고 권하셨다. 사중이 마루에 올라가 절하고 뵙자, 사중이 물러간 뒤에 어머니가 말씀하셨다.

"골상(骨相)에 긴요함이 부족해 명예와 지위는 어떨는지 모르겠지만, 선비요 군자니, 네가 가까이하고 좋아하는 게 참되구나."

인물 보는 법을 배워라

어머니는 사람의 인품이나 사물을 식별하는 능력을 거의 타고 나신 듯했다. 자식들과 어떤 인물이 현명한지 어리석은지, 길한지 흉한지에 대해 이야기를 나누었는데, 말씀하신 것이 기이하게 들어맞은 일이 많았다. 세상 도의가 흥하고 쇠하는 것, 나라일이 잘되고 잘못되는 것에 대해서도 선견지명이 있었다. 기사년(1689) 뒤로 소인배들이 제 뜻대로 하고 임금의 생각도

그들에게 기울어져 아무 틈이 없었다. 그런데도 어머니는 그들이 오래지 않아 반드시 패망할 것이라고 하셨다. 어떤 이는

"이 사람들의 무리가 이미 임금의 뜻과 깊이 맞아 지금 반석처럼 안정되어 있습니다. 왜 반드시 패망한다고 하십니까?"

했다. 어머니는

"그들의 마음과 생각이 편안하고 여유롭지 못하며, 사치하며 지나치게 즐기는 데만 급급해 미친 것 같으니, 이런 기상으로 오래 갈 수 있겠느냐?"

하였다. 그러더니 과연 얼마 되지 않아 갑술환국(甲戌換局)이 일어났다.

기사년 뒤에 여러 해 동안 내가 어머니를 모시고 있었는데, 혹 조정에서 행한 조치를 들으신 뒤에 그것이 잘못된 일이면 걱정하고 한탄하였다. 마치 한집안 식구가 아픈 것처럼 마음 놓지 못하였다. 나는 마음속으로 '규방에 있으면서도 이처럼 세상에 대해 분개하고 나라를 걱정하는 분은 옛날에도 드물었다'고 생각하였다.

붕당에 들지 말라

갑술년(1694) 뒤에 조정의 기상이 볼 만하게 바뀌어, 아버지는 병자년(1696)에 상복을 벗은 뒤에 바로 이조판서를 맡으셨고, 얼마 지나지 않아 재상이 되어서 여러 차례 조정의 요직을 맡으셨다. 계부(季父)도 궁중을 출입하며 임금을 가까이 모셨고, 나도 외람되게 예문관과 홍문관에 들어갔으며, 숙부들이 다 같이 내외 청화요직(淸華要職)에 오르셔서 당세에 견줄 데가 없을 만큼 우리 가문이 빛났다. 어머니는 평소에도 겸양하고 경외하였지만, 특히 가득 찬 것을 밟을 때는 조심해야 한다는 것을 늘 나에게 경계시켰다. 말을 삼가고 잘 가려서 사귀며, 붕당에 들지 말라고 거듭 가르쳤다. 어머니

도 스스로 더욱 삼가고 조심하며 절제하여 더하거나 꾸미는 것이 없었고, 어머니를 모시는 계집종이 입은 옷도 심히 누추해 가난한 선비 집안 같았다. 집안에는 거간꾼과 거래하는 자가 없었다. (줄임)

장점을 자랑하지 말고 부족한 부분을 없애라

어머니가 내게 이렇게 말씀하였다.

"사대부가 집에서는 어버이에게 효도하고, 형제 사이에 우애가 있게 하며, 관리가 되어 청렴하기가 참으로 쉽지 않다. 만일 자신의 이름이 나기를 바라고, 자기 스스로 만족한 기색이 있다면, 이는 진정한 사대부가 아니다. 명성과 품행이 닦여 자랑하는 마음이나 교만한 마음이 자연스럽게 없어진 뒤에라야 참다운 사대부라고 할 수 있다."

내가 젊은 시절에 장난삼아 사람의 선과 악을 남과 함께 논하면서 노기를 부리며 다투었고, 남의 잘못을 칼로 찌르듯 따졌는데, 어머니는 늘 이렇게 경계하였다.

"네 성품은 상당히 너그럽고 온아하지만 실질에 맞는 것은 버리거나 막혔으니, 이는 공손하고 후한 덕이 있는 자가 할 일이 아니다. 하물며 이 말세에 조정에 오른 자는 더욱 화를 얻게 될 것이니, 네 행위를 보면 행세할 수가 없다. 반드시 경계해야 할 것이다."

"너는 고명하고 간결한 것 같으나, 침착하고 의지가 강하며 중후한 기상이 부족하다. 선배들의 높은 기량과 도량은 그렇지 않았으니, 결코 네 장점을 자랑하지 말고 부족한 부분을 없애는 데 더욱 힘쓰도록 하라."

어지러운 시대에 벼슬하지 마라

나는 갑자년(1684) 가을에 관례도 치르지 않은 나이로 과거 시험장에 처음 들어갔다. 어머니는 시험에 필요한 도구들을 준비해 주면서, 시험지를 이어붙일 때 쓸 풀을 손수 끓이셨다. 조정에 들어가 중요한 관직들을 거쳤지만, 자식의 마음이 즐겁지 않은 것을 보고는 탄식하며 이렇게 말하였다.

"내 일찍이 시대 상황이 이같이 되고 네 마음이 이같이 될 줄 알았다면, 어찌 풀을 끓여가며 과거에서 네 이름 내기를 권했겠느냐?"

사람의 목숨이 노리개보다 소중한 것

어머니는 노비들을 은혜로우면서도 엄하게 어루만지고 다루었다. 어머니를 모시는 여종은 어머니 앞에서 감히 말도 못했다. 어머니가 이렇게 말씀하였다.

"이들은 소인이다. 얼굴빛과 말을 고쳐 스스로 위엄의 무게를 줄여 버리면, 집안의 법도가 엄하게 되지 않을 뿐만 아니라, 이들이 쉽게 죄에 빠질 것이다."

하지만 언제나 마음을 다해 사랑으로 구제하고 긍휼히 여기셨다. 한번은 여종의 목구멍에 병이 났는데, 의원이 '무소뿔이 있어야 치료할 수 있다'고 했다. 그러자 어머니가 곧바로 당신의 노리개에 들어있던 무소뿔을 깎아 가루를 내게 하면서 말씀하셨다.

"사람의 목숨이 지극히 중요한데, 어찌 노리개가 아깝다고 구하지 않겠느냐?"

학업에 힘쓰라

외삼촌들은 다 오래 살지 못했고, 사촌들도 장성하기 전에 죽은 이가 많았다. 과거시험의 합격자도 계속 이어지지 못했다. 어머니는 늘 이를 안타깝게 여겨 탄식하였다. 사람들이 인사를 드리러 오면 늘 '학업에 힘쓰라'고 권하였는데, 아버지나 형이 독려하는 것과 다르지 않았다. 경서(經書)와 사서(史書)를 공부하는데 힘을 써서 학문과 지식이 진보되었다는 말을 들으면 얼굴에 기쁜 빛을 띠며 말하였다.

"우리나라 양반들은 도학과 문장이 아니면 과거를 보아 벼슬자리로 나아가 그 선조들을 이어서 자기 가문을 견지해 나가는 것 말고 다른 도리가 없다. 젊은이들은 마땅히 학업에 힘써야 한다." (줄임)

이씨는 아들을 공부시키기 위해 『당시품휘(唐詩品彙)』한 질을 비녀와 팔찌와 바꿀 정도로 집안 형편이 어려웠지만, 아들에게 엄격하게 꾸짖으며 담뱃대로 머리를 때리면서까지 열심히 교육시켰다.

기본적으로 가정교육을 삼강오륜(三綱五倫)을 중심으로 가르쳤고 가학(家學)을 중심으로 사대부 집안의 기강을 지키도록 가르쳤다. 명성과 품행을 닦아 자랑하는 마음이나 교만한 마음이 없어져야 참다운 사대부라고 했으며 항상 후덕하고 겸손하기를 원했다. 선비의 도리는 자기 장점을 자랑하지 않고 부족한 자신의 단점을 없애는데 더욱 힘쓰도록 하였다.

이씨의 아들에 대한 애틋한 사랑은 최창대가 과거 시험을 치를 때에 필요한 도구를 마련하며, 시험지를 이어 부칠 때 쓸 풀까지 손수 만들어 주었다는 이야기에서 알 수 있다. 이씨는 이토록 아들에 대한 사랑과 자상함으로 빈틈없는 생활교육을 시켰다.

한편, 여종들에게 은혜롭고 엄하게 하였다. 그러나 항상 진심을 다하여 사랑으로 여종들을 다스렸고 연민의 정을 베풀었다. 여종들이 병이 났을 때 자기 노리개에 들어있던 물소뿔을 깎아 가루를 내어 약으로 써서 여종의 병을 낫게 할 정도였다.

이씨는 누구에게나 "학업에 힘쓰라."고 했다. 이씨는 창대에게도 남편이나 큰아들과 같이 경서(經書)와 사서(史書)를 힘써 공부해서 학문과 지식이 진보되었다는 말을 들으면 기뻐하였다. 그러면서 양반들도 도학과 문장이 아니면 과거를 보아 벼슬자리로 나아가 그 선조들을 이어서 자기 가문을 견지해 나가는 것 말고 다른 도리가 없다고 하며 젊은이들은 마땅히 학업에 힘써야 한다고 강조하였다.

이씨는 아들들에게 사대부 양반의 도리를 실천하게 하였고 사회생활과 정치활동에 있어서도 유교적 교육을 바탕으로 훌륭한 재상집안의 가학을 이어 문필가이며 정치가인 아들 최창대를 길러내었다.

이는 이씨의 친정에서의 경험의 영향도 컸다. 이씨는 외동딸로서 우애가 돈독한 집안에서 자랐다. 이씨의 친정아버지는 이조와 병조판서를 번갈아 맡으면서 늙을 때까지 형제들과 함께 지냈는데, 이씨는 여러 동기간 중에서 보고 들어서 얻은 것이 많을 뿐만 아니라 어머니로부터 자상한 성품과 겸손하고 검소한 생활을 배웠다.

이씨는 자녀들에게 엄격한 어머니로서 생활교육을 기초로 사대부가의 기본 틀을 확립하고 아내로서 어머니로서의 역할을 충실히 하였다. 어머니로서 국가관이나 정치, 사회에 대한 비판의식은 어머니의 주체성을 강하게 나타내게 하였으며, 자녀교육에 있어서 시대를 앞서간 스승의 역할을 다하였다. 최창대의 어머니 이씨는 현대 여성과도 비길 만큼 뛰어난 사회참여 의식이 강한 여성이었다.

김주신(金柱臣)의 어머니

풍양 조씨 豊壤 趙氏

김주신(金柱臣, 1661~1721)은 조선 후기의 문신으로 숙종의 장인이다. 본관은 경주이고, 자는 하경(廈卿)이며 호는 수곡(壽谷)·세심재(洗心齋)이고 시호는 효간(孝簡)이다. 할아버지는 예조판서 김남중(金南重)이고 아버지는 김일진(金一振)이다.

김주신은 1686년에 생원시에 합격하고 이듬해 장원서별검(掌苑署別檢)이 되었다. 1720년 순안현령(順安縣令)으로 딸이 숙종의 두 번째 계비인 인원왕후(仁元王后)가 되자 돈령부영사(敦寧府領事)로 경은부원군(慶恩府院君)에 봉해졌다. 도총관(都摠官)으로서 상의원(尙衣院) 장악원(掌樂院)의 제조(提調) 및 호위대장(扈衛大將)을 겸임하였다. 저서로는 『거가기문(居家紀聞)』·『수사차록(隨事箚錄)』·『산언(散言)』·『수곡집(壽谷集)』이 있다.

김주신 어머니는 풍양 조씨로, 성균관 진사를 지내고 승정원 승지에 추증된 조래양(趙來陽)의 딸이다. 할아버지는 좌의정으로 시호가 문효공(文孝公)인 포저선생 조익(趙翼)이다. 친정어머니는 숙부인(淑

『수곡집(壽谷集)』에 실린 어머니 이야기

夫人)에 추증된 이씨로, 영의정 연양부원군이며 시호가 충익공(忠翼
公)인 이시백(李時白)의 딸이다.

조씨는 명문가의 외동딸로, 총명하며 재능이 뛰어났다. 여섯 살
때 이미 언문(諺文)을 다 알고, 한자(漢字)를 배우고자 했다. 8, 9세
때 처음으로 사촌 형제들이 읽던 책을 듣기만 해도 하나도 빠짐없이
외웠다고 전해진다. 증조부님이 감탄하여 칭찬하고, 외할아버지 충
익공도 기특히 여겨 매우 사랑하여 늘 무릎에 놓고 키우며, 남자가
되어 집안을 크게 일으키지 못하는 것을 한스럽게 여겼다. 조씨는
2남 3녀를 두었는데 둘째 딸이 숙종의 계비가 되었다. 아들 김주신
의 덕으로 직계후손들은 대대로 유명한 인재가 많았다.

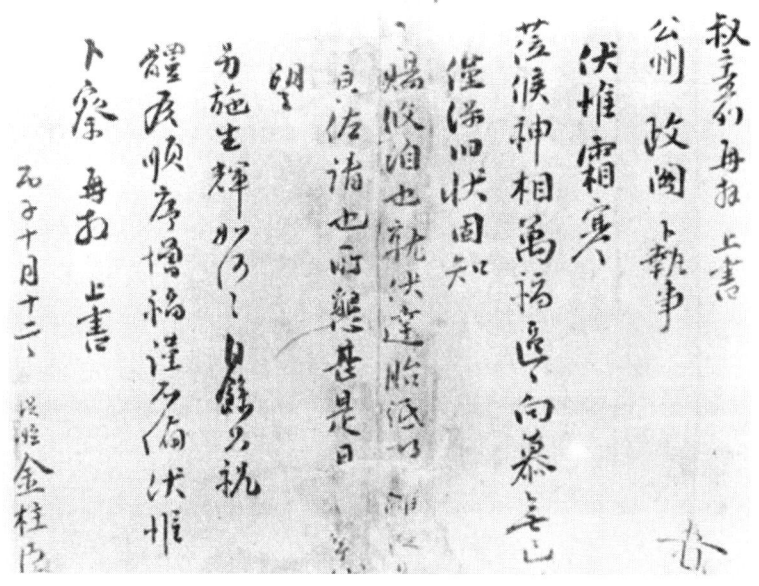

김주신의 필적

 조씨는 부모를 지극히 섬겼다. 경자년(1660)에 친정아버지 충익공
이 임종하실 무렵에 손수 탕약이나 차를 직접 끓여 드렸으며, 어머
니의 병환을 지성스럽게 간병하는 효녀였다. 집안의 모든 일을 손수
하며 수고를 아끼지 않았다. 주위의 여러 조카들과 부녀자들도 조씨
의 가정 관리하는 법을 따라 지켰다.

 혼례 후, 을사년(1665) 3월에 남편이 세상을 떠나자 맏며느리로서
흉사를 주관할 수 없지만, 조씨는 직접 시신에 수의를 입히고 홑이
불을 덮을 정도로 강한 여성이었다. 집안일들을 지혜롭게 관리하였
으며, 제사를 받드는데도 조금도 소홀히 하지 않고 조상 받들기에
정성을 다하였다. 도량이 넓어 대소사의 준비에 있어서도 넉넉히 준

비하여 부족함이 없었다. 제사상에는 남이 한 국수나 떡을 올리지
않을 정도로 정성껏 준비했다. 또한, 세속적인 것을 좋아하지 않았
으며, 심한 병환일 때도 무당의 말을 따르지 않았을 정도로 미신을
멀리 했다고 전해진다.

　이러한 어머니에 대한 애틋한 기억과 마음이 적혀있는 김주신의
「선비행장」을 살펴보기로 한다.

돌아가신 어머니 행장(先妣行狀) / 김주신(金柱臣)

　우리 어머니는 명망 높은 집안인 풍양 조씨다. 성균관 진사를 지
내고 승정원 승지에 추증되신 조래양(趙來陽)의 따님이자, 좌의정으
로 시호가 문효공(文孝公)이신 포저선생 조익(趙翼)의 손녀시다. (줄
임) 어머니는 숙부인(淑夫人)에 추증되신 이씨로, 영의정 연양부원군
이시며 시호가 충익공(忠翼公)인 이시백(李時白)의 따님이다. (줄임)

듣기만 하고도 책을 외우다

　어머니는 재능이 뛰어나고 총명하셨다. 여섯 살 때 언문(諺文)을 떼자, 한
자(漢字)를 배우고 싶어하셨다. 8,9세 무렵에 처음으로 사촌 형제들이 읽던
책을 듣기만 하고도 외우셨는데, 아주 자세해 빠진 글자가 없었다. 증조부
모님이 감탄하며 칭찬하셨고, 외할아버지 충익공께서도 기특히 여겨 더욱

사랑하셨다. 늘 무릎에 놓고 키우시며 말씀하셨다.

"이 아이가 남자가 되지 못한 게 한스럽구나. 남자가 되었다면 반드시 집안을 크게 일으켰을 것이다." (줄임)

어머니를 위해 새벽까지 이를 잡다

어머니께서 혼인하시기 전에 이씨 부인께서 호서지방에 계시다 병이 드셨다. 시골집에서 가장 큰 골칫거리는 붉은 이였는데, 높은 곳으로 피해도 밤이 되면 침상 다리를 통해서 자리까지 기어 올라왔다. 어머니는 손에 등불을 들고 밤부터 새벽까지 이를 잡으셨는데, 여러 달이 넘도록 게으름부리지 않고 정성을 다하셨다. (줄임)

남편의 시신에 수의를 입히다

을사년(1665) 3월에 아버지께서 상을 치르시다가 세상을 떠나셨다. 맏며느리가 흉사를 주관할 수 없지만, 어머니께서 직접 시신에 수의를 입히고 홑이불을 덮으셨다. 어머니께서 여종이나 첩에게 일을 맡기지 않고 반드시 몸소 처리하셨다. 시신을 땅에 묻기도 전에 병이 아주 심해져 거의 목숨을 잃으실 뻔했다. 그러나 우리들이 지쳐 의지할 데 없는 것을 보시고 슬퍼하시다가 마음 깊이 깨달으신 듯했다. 그래서 상을 마칠 수 있었다.

먼 조상의 제사도 소홀히 하면 안 된다

돌아가신 선조의 제사를 받드실 때는 한결같이 성실하고 공경함에 근본을 두셨다. 제기(祭器)에 담는 음식은 한번도 그 양을 대충 하지 않고, 빚을 내서라도 갖추셨다. 음식을 마련하기 어려웠다는 말씀을 입 밖에 내신 적이 없다.

"조상님의 영(靈)이 아신다면 제물을 안 드실까봐 두렵다."

하셨고, 딸이나 며느리들이 이런 말 하는 것을 보시면, 마치 조상께서 듣고 계신 것처럼 바로 손을 저으며 더 이상 말하지 못하게 하셨다.

외할아버지께서 후사(後嗣) 없이 돌아가시자, 우리 할아버지께서 아버지에게 그 제사를 주관하라고 하셨다. 아버지가 돌아가신 뒤에는 어머니께서 그 제사를 받드셨는데, 조금도 소홀함이 없었다. 제사를 지낼 때마다 반드시 증조할머니 성씨 부인의 말씀으로 딸과 며느리들을 가르치며 제사를 돕게 하셨다.

또 이런 말씀도 하셨다.

"우리 왕고모님이 일찍이 '네 부모님은 성품이 깔끔하셔서 남이 해놓은 국수나 떡은 제사상에 올리지 않으셨다'고 하셨는데, 이 말씀을 나는 지금도 잊지 않고 있다. 제물이 깨끗하지 못하면 조상이 절대로 드시지 않을 것이니, 먼 조상의 제사를 지낼 때에도 그릇 깨끗이 씻기를 게을리 하면 안 된다."

내가 성년이 된 뒤에도 회초리로 때리셨다

어머니는 자식들을 남다른 사랑으로 기르셨다. 자식이 병들면 밤을 꼬박 새워 앉은 채로 아침을 기다렸다. 그렇지만 잘못이 있으면 조금도 틈을 주지 않으셨다. 불초를 몹시 사랑하셨지만, 불초가 성년이 된 뒤에도 여러 날 책을 덮고 지내면 회초리로 때리셨는데, 종아리를 때릴 때마다 타이르는 말

씀을 하셨다. 이것은 불초가 바른 길로 가게 하시려는 뜻이었으니, 평소의
가르침은 모두 옛사람들의 교훈을 본받으신 것이었다. 불초가 하는 일 없이
놀며 게으른 것을 보면 반드시 이렇게 꾸짖으셨다.

"하는 일 없이 먹기만 하면 짐승과 같다."

불초가 예(禮)를 다소 소홀히 하면

"너희들이 성인의 글을 보고도 실천하지 못하면, 아무리 많이 안다고 한
들 어디에 쓰겠느냐?"

라고 하셨다. 불초가 한번은 편지를 쓰느라 골똘히 생각하고 있는데, 어머
니께서 경계해 말씀하셨다.

"정명도(程明道)가 말하지 않았느냐? '한쪽으로 너무 집착하면 스스로 뜻
을 잃어버리게 된다'고 했지." (줄임)

부처나 무당의 말을 따르지 말아라

어머니는 세속의 부박하고 허황한 유행을 좋아하지 않았고, 병이 아무리
심해도 부처나 무당의 말을 따르지 않으셨다. 늘 이렇게 탄식하며 말씀하셨다.

"오늘날 세상에서는 돈과 비단을 부처에게 가져다 바치면서 재앙이 물러
가고 병이 낫기를 기도하니, 이 얼마나 어리석은 짓이냐? 만일 부처가 영험
이 없다면 그런 일을 그만두게 해야 할 것이다. 만일 영험이 있다면 가난한
자들은 다 일찍 죽고 재물이 많은 자들은 오래 살아야 할 것이니, 이 어찌
사람이 살아가는 바른 이치이겠느냐?" (줄임)

나라에서 금한 일을 범하지 말아라

남산 아래에 임시로 산 적이 있는데, 불초들이 추위를 견디지 못해 어린 종에게 소나무를 몰래 베어 오라고 시켰다. 소나무는 채벌(採伐)이 법으로 금지되어 있었다. 어머니께서 이것을 보시고, 얼굴을 찡그리며 말씀하셨다.

"선비가 나라에서 법으로 금지한 일을 범할 수 있느냐? 어리석은 종을 시켜서 한 짓이라도 임금의 명을 어긴 것이 분명하다."

그 뒤부터 불초들은 아무리 추워도 서로 법을 지키자고 경계했다.

부모를 지극하게 섬겨라

경자년(1660)에 (외할아버지) 충익공이 임종하실 무렵, 탕약이나 차를 끓이는 작은 일 하나라도 다 직접 마당에 내려가 불을 지피셨다. 계해년(1683)에 황씨 부인께서 심한 학질에 걸리자 어머니께서 쉰이라는 연세에도 주무시지 않고 손수 돌보면서 그 곁을 떠나지 않았다. 두 아들이 말리며 말씀드렸다.

"우리 어머님의 사랑하고 공경하는 마음이 쇠하지 않으니, 참으로 감동스럽습니다. 하지만 자손들이 많은데도 무슨 일이든 어머니만 수고하셔서 식사 중에도 쫓아다니시니, 그렇게 하다가는 젊은 사람이라도 견디지 못하겠습니다."

그러자 어머니께서 애타는 모습으로 말씀하셨다.

"여러 조카와 부녀자들도 다 잠자지 못한다. 근력이나 저들이 나보다 낫지만, 세심하게 보살펴 노인의 몸과 마음을 편하게 해드리는 일은 나만 못할 것이다. 그래서 노인이 자꾸 나를 불러 당신 앞에 앉아 있도록 하시는데, 내 어찌 물러나 쉴 수 있겠느냐?"

잠을 제대로 주무시지 못해 음식 맛도 모르실 정도였지만, 20여 일 동안 털끝만치도 게으른 모습을 보이지 않으셨다. 황씨 부인은 이씨 부인의 계모 되시는 분인데, 어머니께서는 친 외할머니로 여기셨다. 친정어머니인 이씨 부인이 돌아가신 뒤에도 어머니께서는 이씨 부인에게 하듯 황씨 부인을 섬기셨다. (줄임)

소학(小學)을 읽어라

어머니께선 『소학(小學)』을 매우 좋아하셔서, 실을 잣는 틈에도 쉬지 않고 읽으셨다. 강혁(江革)이 난리통에 자기 어머니를 업고 피난했다는 내용과 왕람(王覽)이 자기 형을 끌어안고 크게 울었다는 내용에 이르면 슬퍼하는 빛이 얼굴에 나타나셨다. 당신이 마치 몸소 그 일을 보고 겪으신 것처럼 여기신 것이다. 그뿐만 아니라 증자(曾子)가 '친척들이 이미 다 돌아가시고 없으니, 누가 효(孝)에 대해 가르쳐 주시겠나?' 하는 대목에 이르러서는 거듭 읽으시면서 매번 눈물을 머금으셨다. 충신과 열녀, 효자에 관한 내용에 이르면 우리 두 아들을 위해 거듭 설명해 주시면서 '신하가 마땅히 그러해야 하며, 부인이 마땅히 그러해야 한다'고 말씀하셨다. 그 말씀이 간결하고도 쉬워서, 아낙네들도 들으면 알 수 있었다.

어머니께서 일찍이 이렇게 말씀하셨다.

"자라나는 아이는 아직 잡다한 생각이 없으니, 먼저 『소학』을 가르쳐서 자신이 지향해야 할 바가 무엇인지 알게 해주는 것이 옳다."

그래서 불초도 아홉 살 때부터 책을 읽을 줄 알게 되자 처음에는 『사기(史記)』를 배웠고, 이어서 『소학』을 배웠다. 어머니께서는 사서(四書)를 대략이라도 훑어보셨으며, 경전에 실린 내용은 한번만 들어도 마음으로 터득하셨고, 이를 대단히 좋아해 그치지 않으셨다. 그리고는 이런 말씀을 하셨다.

"내가 올해 나이 쉰이 되었지만, 외할머니 앞에 서면 몸이 가벼워져, 아직 늙지 않은 것 같다."

"자손들이 배우지 않아 무식해지는 것은 옥으로 만든 잔이 이가 빠져 못쓰게 되는 것 같다. 그 바탕은 좋을지 모르겠으나, 결코 완전한 보물은 될 수 없다."

"선비는 마땅히 언행을 근본으로 삼아야 할 것이니, 문예(文藝)는 지엽적인 것이다."

"사람이 비록 평생 선을 행한다고 하지만, 선을 다 행하고 죽기는 어렵다. 그러니 어찌 마음을 비뚤어지게 가지고 악을 행하겠느냐?"

이 말씀들은 다 늘 평소에 하시던 말씀이니, 모두 지극히 마땅하고 올바르며 좋은 교훈이었다.

어머님의 가르침

아! 우리 어머니의 평생 지극한 행실과 아름다운 덕은 모두 자손들의 법이 되며 마음의 법으로 삼을 수 있는 것이다. 어찌 다만 여기에서 그칠 수 있겠는가. 그러나 불초가 정신이 어둡고 혼미해 열 가지 가운데 겨우 하나만 들었을 뿐이다. 불초는 불효의 죄 때문에 천지 어디에도 피할 곳이 없다. 요행히 기억에 남을 교훈으로 만들지 못했고, 있는 그대로 바르게 기술하지도 못해, 돌아가신 분을 크게 속였으니, 이 죄는 부모님에게 용서받을 길이 없다. 불초가 아침저녁으로 골몰하며 우리 어머니에 대해 쓴다 해도 다하지 못하겠지만, 감히 근거 없이 헛되게 과장하지는 않았으니, 오직 군자는 가련히 여기고 자세히 살펴주기 바란다. (줄임)

갑자년(1684) 9월 아무날 어버이를 여의고 외로운 불초 주신(柱臣)은 피
눈물을 흘리며 삼가 쓴다.

위의 글에는 조씨의 곧은 성품과 학식, 자녀에 대한 엄한 교육 방
식이 절절히 드러난다. 조씨가 아무리 추운 날에도 벌목을 금하여
반드시 법을 지키라고 가르치거나, 엄하게 회초리를 드는 모습에서
자애스럽지만 강한 어머니의 모습이 엿보인다.

『소학』을 기본으로 사서삼경과 『사기』를 몸소 철저히 가르치고,
학문과 교육에 대한 중요성을 무섭게 일깨워 주었다. 창작지도에 있
어서도 정명도(程明道)의 이론을 들면서 서간문 쓰는 법을 가르칠 정
도로 수준 높은 교육을 하였다.

이는 조씨 스스로 실을 잣는 틈에도 쉬지 않고 『소학』을 읽을 정
도로 배움을 좋아하고, 사서삼경(四書三經)에 통달하였기 때문이었
다. 『소학』의 내용을 충실히 파악하고 효(孝)에 대하여 극진히 생각
하였던 조씨는, 두 아들에게 효도에 관하여 거듭 일깨워주었다.

항상 누가 들어도 알기 쉽게 삼강오륜(三綱五倫)을 간결하게 말하
였으며, 성장하는 아이들에게는 무엇보다도 『소학』을 가르쳐 스스
로 나갈 길을 깨닫게 해주어야 옳다고 하였다. 아들 주신도 어머니
로부터 아홉살 때부터 처음에는 『사기』를 배웠고 이어서 『소학』을
배웠다.

조씨는 교육의 중요성을 다음과 같이 강조하였다. "자손들이 배우
지 않아 무식해지는 것은 옥으로 만든 잔이 이가 빠져 못쓰게 되는
것 같아 그 바탕은 좋을지 모르겠으나, 결코 완전한 보물은 될 수

없다."라고 하면서 배움에 대한 비유를 적절히 했다. 조씨는 현대 어머니들에게도 깊은 감명을 주는 훌륭한 교육자이며, 훌륭한 어머니이다.

이황(李滉)의 어머니
정부인 춘천 박씨 貞夫人 春川 朴氏

이황(李滉, 1501-1570)의 호는 퇴계(退溪), 도옹(陶翁), 퇴도(退陶), 청량산인(淸凉山人) 등이며, 자는 경호(景浩)이고, 관향은 진보(眞寶)이다. 1501년 11월 25일 경상북도 안동시 도산면 온혜리에서 아버지 진사 이식(李埴)과 어머니 춘천 박씨 사이에 태어났다.

초취 김씨 부인이 2남 1녀를 두고 별세하자 박씨 부인이 재취로 들어와 5형제를 낳았는데, 퇴계는 그 가운데 막내였다. 아버지는 퇴계가 태어난 지 7개월 만에 40세의 나이로 세상을 떠나고, 어머니 박씨 부인이 혼자 5형제를 길렀다.

퇴계는 6세 때 이웃에 사는 노인에게서 『천자문』을 배웠는데 그것이 학문을 시작한 동기가 되었다. 숙부에게서 『논어』를 배우고 34세에 급제하여 벼슬을 시작하였는데, 대사성에 이르렀다. 만년에 도산서당을 세우고 성리학 연구와 저술에 몰두하다가, 70세가 되던 1570년 12월 8일에 별세하였다.

퇴계의 어머니 정부인(貞夫人) 박씨(朴氏 1470-1537)는 1470년 3월

이황(李滉, 1501-1570)

18일에 태어나 1537년 10월 15일에 향년 68세로 세상을 떠났다. 타고난 성품이 고와서 시어머니를 잘 섬겼고, 선조들의 제사를 받드는데 정성을 다하였다. 아버지는 학자로서 학문하는 데만 마음을 쓰고, 집안 살림은 모두 어머니가 맡아하였다. 어머니는 자식들에게 엄격하였지만, 여종이나 아랫사람에게는 인자하였다. 부지런한 품성으로, 아침부터 밤늦게까지 길쌈이나 음식 장만을 열심히 하였다.

퇴계 어머니는 남편이 세상을 떠난 이후, 많은 아들을 혼자 기르면서 가정을 이끌었고 남편의 3년상을 마치고 농사와 누에치기에 전념하며, 여러 아들들의 학비를 마련하여 모두 배우도록 하였다.

항상 훈계할 때 마다 "문예(文藝)만 일삼지 말고 몸을 올바르게 지니며, 행실을 삼가는데 무게를 두라"고 가르쳤다. 또한, "세상에서는 늘 과부자식이란 배운 것이 없다고 헐뜯는데, 너희들은 그런 점에서 공력을 백배나 드려야 한다. 그렇지 않으면 어떻게 그런 비웃음을 벗어날 수 있겠느냐?"고 훈계하였다.

퇴계 어머니는 학문을 배우지 않고도 두 아들을 문과에 급제시켰다. 그러나 그 후 아들의 진급을 기쁘게 여기는 것이 아니라, 늘 세상의 환란을 먼저 근심하였다. 문자를 배우지는 못하여도 남편의 가정 교육시키는 것을 듣고서 의리(義理)와 사정(事情)을 이해하고 깨달아서 선비나 군자와 다를 바 없었다. 언제나 모든 근심 걱정을 나타내지 않고 인내하였다.

춘천 박씨는 아들 다섯을 낳았는데 두 아들은 일찍이 요절하고 남은 셋째 아들이 문과에 급제하여 가선대부(嘉善大夫)까지 지내게 되면서 봉증(封贈)되었다. 또한 넷째 아들은 찰방(察訪)이 되었고, 막내인 퇴계는 통정대부(通政大夫) 대사성(大司成)까지 지냈다.

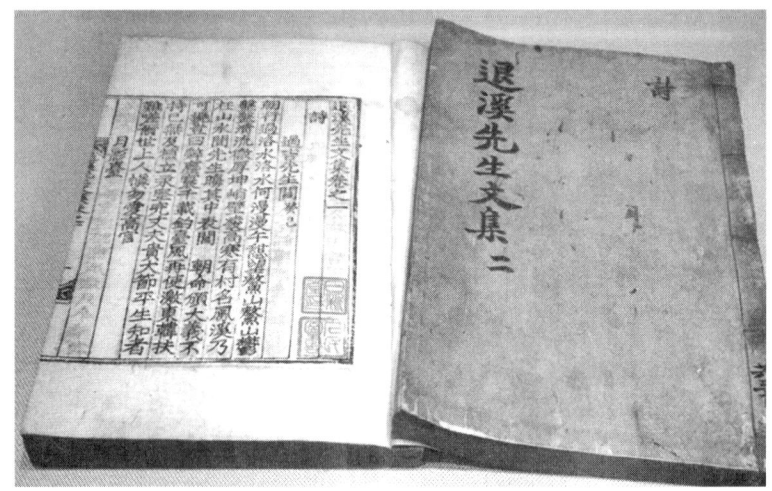

『퇴계선생문집』

퇴계 이황의 학문과 덕행을 추모하기 위해 세운 도산서원

　　퇴계는 "나에게 영향을 가장 많이 준 분은 어머니"라고 말하며, 어머니의 가르침을 깊이 감사하고 어머니의 학덕을 높이 생각하였다. 그가 어머니를 기리며 비문(碑文)을 지었는데 다음과 같다.

돌아가신 어머니 정부인 박씨 비문
(先妣贈貞夫人朴氏墓碣識) / 이황(李滉)

큰 살림을 손수 맡으셨던 어머니

　　어머니 정부인(貞夫人) 박씨(朴氏, 1470-1537)는 선대가 강원도 춘천 사람이다. (줄임) 어머니는 성종 1년(1470) 3월 18일에 태어나셨는데, 타고나신 성품과 바탕이 아름답고 고우셨다. 우리 아버지에게 시집오셔서 계실(繼室)이 되셨는데, 아버지는 뜻이 돈독하고 옛것을 좋아하셔서 경전(經典)이나 사서(史書)만 즐겨 보셨고, 한편으로는 과거 공부를 일삼으셔서 집안일에 마음을 쓰지 않으셨다.

　　어머니는 시어머니 섬기기를 조심스럽게 하셨고, 선조들의 제사를 받드는 데에 정성을 다하셨다. 부지런하고 검소하게 안살림을 다스리셨다. 아랫사람을 대하실 때에는 엄격하고도 은혜롭게 하셔서, 여종이나 거느리는 사람들이 저절로 신뢰를 느낄 수 있었다. 길쌈하고 음식 장만하는 일에도 이른 아침부터 늦은 밤까지 조금도 게으르지 않으셨다. 연산군 7년(1501)에 아버지가 진사 시험에 합격하시고 이듬해 6월에 병으로 돌아가셨는데, 이때 큰 형이 겨우 아내를 맞았으며, 그 뒤부터는 어린아이들이 앞에 가득했다.

퇴계 노송정

퇴계 묘소

과부의 자식은 배운 게 없다고 놀림 받으니 백배나 공력을 들여야 한다

어머니는 아들만 많은 채로 일찍 과부가 된 것을 마음 아프게 생각하시어, 앞으로 집안을 유지해 갈 문제와 시집 보내고 장가보내서 여러 자식들을 성취시키는 문제에 대해 크게 걱정하고 근심하셨다. 삼년상을 마치자 제사를 큰아들 집에 맡기고, 그 곁에 방 한 칸을 지어 머무시면서 농사와 누에치기에 더욱 힘쓰셨다.

갑자년(1504)과 을축년(1505) 무렵에 세금 거두는 일이 가혹하고 급박해져 사람들이 대부분 파산하고 영락했는데, 어머니는 어려움을 잘 극복하고 먼 뒷일을 염려하는 계책을 실천하셔서 예전의 기업을 잃지 않으셨다.

여러 아들들이 차츰 커가자 가난한 살림에서도 학비를 마련하여, 멀고 가까운 곳에 가서 배우도록 해주셨다. "문예(文藝)만 일삼지 말고 몸을 올바르게 지니며, 행실을 삼가는 데에 무게를 두라"고 언제나 훈계하셨다. 사물을 접할 때마다 비유해 말씀해 주시고, 사건에 따라 가르침을 주셨다. 그럴 때마다 마음속 깊이 깨우쳐 주시고 간절하게 느끼게 해주지 않으신 적이 없었다.

"세상에서는 늘 과부 자식이란 배운 게 없다고 헐뜯는데, 너희들은 그런 점에서 공력을 백배나 들여야 한다. 그렇지 않으면 어떻게 그런 비웃음을 벗어날 수 있겠느냐?"고 하셨다.

학문을 배우지 않고도 두 아들을 혼자 키워 문과에 급제시키다

뒤에 두 아들이 과거에 급제하여 벼슬길에 오르는 것을 보셨지만, 어머니께선 영달하여 진급하는 것만 기쁘게 여기지 않으셨다. 늘 세상의 환란을 근심하셨다.

춘천 박씨의 묘

남편 이식의 묘

어머니께선 문자를 배우신 적이 없으셨지만, 평상시에 습관적으로 아버지의 가정교육을 들으시고 여러 아들들이 서로 강습하는 것을 보시며 가끔 깨닫고 이해하셨다. 의리(義理)와 사정(事情)을 이해하고 깨달으셔서, 앎이나 생각이 선비 군자와 다를 바 없었다. 그러나 마음속 깊이 감추시고 바깥에 나타내지 않으셨으며, 항상 지키고 조용히 억누르셨을 뿐이다.

중종 32년(1537) 10월 15일에 어머니께서 병으로 돌아가셨으니, 향년 68세였다. 그해 12월 19일에 고향 예안현(禮安縣) 북쪽 온계리(溫溪里) 수곡(樹谷) 남향 언덕에 장사지냈으니, 아버지 묘소와 같은 자리이다. (줄임)

우리 어머니는 아들 다섯을 낳으셨으니, 서린(瑞麟)은 관례도 치르지 못하고 요절하였으며, 의(漪)는 유학을 공부하다 일찍 죽었다. 해(瀣)는 중종 23년(1528) 문과에 급제하여 가선대부(嘉善大夫) 대사헌(大司憲)이다. 아버지와 어머니의 봉증(封贈)9)은 해(瀣)의 벼슬 덕분에 추은(推恩)되었다. 징(澄)은 찰방(察訪)이다. 황(滉)은 중종 29년(1534)에 문과에 급제하여 통정대부(通政大夫) 대사성(大司成)이다. (줄임)

비문을 살펴보면, 퇴계 어머니 박씨 부인의 엄격하면서도 인자한 성품을 알 수 있다. 조선시대 양반 집 부녀자들은 봉제사(奉祭祀) 접빈객(接賓客)의 규범을 철저히 지키며 삼종지도(三從之道)의 도리를 완벽하게 지켰다.

퇴계 어머니는 어머니의 역할 외에 홀어머니로서 아버지의 역할까지 감당하였다. 밖으로는 노동의 힘든 일 곧 농사짓기와 누에치기를 최선을 다하며 가정의 경제생활을 영위하였다. 그리고 가정의 경

---

9) 아들이 당상관에 올랐으므로 부모에게도 그에 걸맞는 벼슬을 내리는 제도인데, 정부인(貞夫人)이 정3품 품계이다.

영자로서 가정관리를 훌륭히 수행하였다. 안으로는 어머니의 역학을 의지와 인내로 이겨나가며 한 사람이 두 가지 아상의 일을 감당하였다. 항상 긍정적인 사고방식으로 아들들에게 용기와 근면성을 강조하였고 수신(修身)할 것을 강조하였다.

가정 관리 뿐만 아니라 아들들에게 실천적 교육을 하였다. 각자 훌륭한 인격을 가진 선비로서 자기의 몫을 다하도록 교육시킴으로서 퇴계와 같은 세계적인 학자를 탄생시켰다.

윤광호(尹光濩)의 어머니
정부인 박씨 貞夫人 朴氏

윤광호(尹光濩, 1753-1821)는 본관이 파평(坡平)이다. 자는 차소(次韶)이며 호는 염재(念齋)이다. 그의 할아버지는 숙종 때에 진사를 지낸 윤언교(尹彦敎)이며 아버지는 영조때 대사헌(大司憲)을 지낸 윤동승(尹東昇)(1718-1773)이다.

윤광호는 인조 때 한성부 서윤(漢城府 庶尹)을 지냈다. 그는 나이 21세 때에 아버지가 돌아갔다. 그는 1775년 처음으로 익위사 세마(翊衛司洗馬)로 관직 생활을 시작했는데, 그 때 나이 23세였다.

그는 선비유사(先妣遺事)에서 "불초는 누이도 없는 독자"라고 말했다. 그러나 이복 형으로 알려진 윤광소(尹光素)가 있었다.

24세 때인 1776년 사포서별제(司圃署別提)를 지냈고 30세 1782년 의금부도사(義禁府都事), 31세때인 1783년에는 서흥현감(瑞興縣監), 32세 때 1784년에는 익위사위솔(翊衛司衛率), 34세, 1786년에는 대흥군수(大興郡守), 36세, 1788년에는 연안현감(延安縣監), 38세 1790년에는 전주부판관(全州府判官)으로 나갔다. 40세 1792년에는 의성현령(義城縣令)으로 제수되었으나 나아가지 않았고, 41세 1793년에는 보은현감(報恩縣監)이었고 45세 1797년에 사직서령(社稷署令)으로 제수되었으나, 어머니의 충고로 나가지 아니 하였다. 이후에도 61세까지 벼슬생활을 했으며, 69세에 세상을 떠났다.

윤광호는 평생을 쉬지 않고 관직 생활을 했으며, 『염재잡고(念齋雜考)』를 저술하였다. 이 책은 6책(冊)으로 되어있는데, 그 중 세 번째 책에 선비유사(先妣遺事)가 실려 있다. 1799년 1월 21일 어머니인 박씨 부인이 작고한지 일년 만에 쓴 책『선비 정부인 박씨 유사(先妣貞夫人 朴氏 遺事)』는 한 권이 모두 어머니 이야기로 되어 있어, 우리나라에서 가장 긴 어머니 이야기이다.

윤광호의 어머니 박씨는 21세 때에 남편 윤동승(尹東昇, 1718-1773)을 잃고 평생을 홀로 살다 73세가 되는 해에 세상을 떠났다. 고령 박씨(1727-1799)는 독자인 윤광호를 기르면서 가장의 역할을 하며 평생을 살았다. 아들 윤광호는 평생 벼슬을 하면서 어머니에게 효성스러운 아들 역할을 했다. 어머니 박씨는 매우 총명하며 지혜로운 분이었다. 그리고 박식하여 정치와 사회 문물에 관하여도 넓은 지식을 가지고 있었다. 박씨는 어려서부터 부모께 효도하고 어른들을 공경할 줄 알았다. 어려서 한글로 풀어 쓴『소학(小學)』과『여사(女史)』같은 책들을 암송하며 그 내용을 실천하였다.

박씨는 남편 공경에도 남다르게 하며 아들에게도 아버지에 대한 공경심을 갖도록 가르쳤다. 아들에게도 어머니가 짐이 되지 않게 하기 위하여 최선을 다했다. 박씨는 아들에게 백성을 다스릴 때 태장(笞杖)을 남용하지 말고 너그럽게 형벌하라고 가르쳤다. 또 아들에게 자기 장점을 과시하고 자랑하지 못하게 가르쳤다. 다른 사람들을 불

쌓히 여기라고 가르치기도 했다. 항상 아들에게 지위가 높고 돈이 많은 사람이라고 할지라도 조심하지 않으면 종경을 받을 수 없다고 하면서 언제나 조심하고 무슨 일이든지 조심하는데서 성패가 갈린다고 일깨웠다.

박씨는 아들에게 "책은 지극한 보배"라며 독서를 권면하고, 아이들이 어른의 말을 따르지 않는 것을 심히 꾸짖으며, 어릴 때부터 모든 일을 실천하는 습관을 가지지 않으면 커서도 법도대로 행하기 어렵다고 가르쳤다. 식생활에 있어서도 편식하지 않으며, 제때에 잘 먹도록 가르치며, 이러한 기본적인 태도를 바로잡지 않으면 군자가 될 수 없다고 하였다. 바른 언행을 가르치면서 많이 아는 것 보다 바르게 행하는 법을 교육한 것이다.

그리고 작가인 난설헌 같은 여류작가 보다는 논리적이고 실천적인 여성을 선호하면서, 자기의 생각을 글로 써놓았고, 성현들의 말씀과 행적을 암송하며 실천하기를 노력했다. 모든 집안의 족보를 손수 베껴서 간직하였다. 또 우리나라 산천과 풍속을 기록한 『복거설(卜居說)』을 자주 펼쳐보며 즐겼다.

박씨는 아들이 공부할 때 불을 밝히고 지켰다. 오늘날 어머니들의 자식 공부에 전력을 다하는 것도 이미 조선시대 윤광호 어머니의 전통적 맥락에서 찾아볼 수 있다.

박씨는 성품이 근면성실하며 일하는 것이 생활 그 자체로서 일하지 않으면 죽는 것이나 다름없다고 했다. 매사에 절약하며 종이 한 장이나 베 한 조각이라도 모아 두어 나중에 긴요하게 썼다. 생활 집기 하나에도 애착을 가지고 아껴 썼다. 아이들에게 담에 낙서를 하는 것도 상서롭지 못하다고 꾸짖었다. 또한, 살아있는 풀이나 나무,

벌레 같은 미물이라도 목숨이 붙어있는 것이면 꺾거나 다치지 못하게 하였다. 살아있는 모든 것에 애착을 가지고 있었다.

박씨는 사람의 도리는 반드시 학문을 익힌 뒤에야 알 수 있다고 했다. 학문을 사람의 큰 힘이라고 하면서 학문이 있으면 어떤 일을 당해도 극복할 수 있다고 했다. 그토록 학문을 중히 여겼다.

박씨는 아들에게 정치하는 사람은 항상 백성들의 어려움을 살필 줄 아는 사람이 되어야 할 것을 가르쳤다. 비록 비복들이라고 하더라도 그 앞에서는 행동을 신중히 할 것을 가르쳤다.

박씨는 남편이 외도를 하여도 질투하지 말아야 한다고 하였다. 그것은 가문의 종족을 계승하기 위하여 용납하도록 하라는 뜻이었다. 조선시대의 사회규범 안에서 허용되던 일이나 현대 어머니들에게는 용납되지 않는 항목이다.

이렇듯, 박씨는 총명하며 지혜로웠고 적극적이며 강한 의식의 소유자였으며, 아들 윤광호를 훌륭한 정치인으로 탄생시킨 어머니이다.

돌아가신 어머니 정부인 박씨 이야기

(先妣貞夫人朴 氏遺事) / 윤광호(尹光濩)

한글로 풀어 쓴 『소학』을 외워 실천하다

어머니께서는 매우 총명하셔서, 어렸을 때부터 부모님께 효도하고 어른들을 공경할 줄 아셨으며, 한번 들은 것은 곧 깨달으셨다. (줄임) 자라나면서 한글로 풀어 쓴 『소학(小學)』과 『여사(女史)』같은 책을 암송하시되 가슴에 새겨 익히셨다. 그래서 듣고 아는 것이 더욱 넓어졌으며, 보고 아는 것이 더욱 뛰어나셨다. 마땅히 행해야 할 인륜에 관한 것은 자신의 분수를 다하려고 애쓰셨다. 경전을 다 읽지는 못했지만, 특별히 관심을 기울이고 간절하게 공부하셔서 몸을 닦고 집안을 다스리는 도리와 일에 응하고 사물을 대하는 방도가 거의 법도에 맞았다. (줄임)

살아 계실 때에 효도하라

종조모이신 조씨(曺氏) 부인께서 만년에 청백하고 가난하게 사셔서 궤에 쌀이 떨어지기도 했다. 어머니께서는 이 사실을 늘 안타깝게 여기셔서 돈을 조금씩 마련해 드렸으며, 때로는 음식을 보내드리기도 하셨다. 주위 사람들이

"집안 살림도 이어가기 어려운데 어찌 꼭 이렇게 하십니까?"

라고 하면, 어머니께서는 근심 띤 얼굴빛으로

"우리가 외로운 신세가 된 뒤에는 효도하려고 해도 이미 늦은 것이나. 존속으로는 숙모님이 유일하게 계실 뿐인데, 이 마음을 숙모님께 펴지 못한다면 다시 어디에 펴겠느냐? 숙모님께서는 연세가 이미 여든이니, 하루아침에 세상을 떠나신다면 조카인 내가 다시 밥 한 그릇을 올리려 해도 그렇게 할 수 있겠느냐?"

하셨다. 이 말씀만으로도 어머니의 정성스러운 효심을 짐작해볼 수 있다. (줄임)

불쾌한 감정을 마음에 담아 두지 말라

내가 집안에서 어쩌다 불쾌한 감정을 드러내면 어머니께서 이렇게 말씀하셨다.

"이런 마음이 마음속에 붙어 있지 않도록 조심해야 한다. 이런 마음이 그치지 않는다면, 훗날 아무런 생각 없이 말이 나와서 (가족 사이에) 차츰 화목한 분위기를 잃어버리게 된다. 『시경(詩經)』에 이르기를

형과 아우가 서로 좋아하고
서로 원망함이 없도다.

했으니, 마땅히 이 구절로 사람의 마음가짐을 본받아야 한단다."

큰 일 할 때에는 작은 일에 매이지 마라

어머니께서 언젠가 내게 아버지 이야기를 들려 주셨다.

"네 아버지께서는 몸을 왕실에 허락해, 몸과 마음을 다해 나랏일에 이바지할 뜻을 지니셨다. 하루는 네 아버지께서 관청 일을 마치고 집에 들어오셨는데, 내가 밥을 차려 드리면서

'집안의 종들이 가르침을 받들어 따르지 않는 일이 많은데도, 어찌 이따금 꾸짖거나 매를 들어서 저들이 열심히 일하게 하지 않으시는지요?'
하고 물었다. 그러자 네 아버지께서

'위태한 나랏일도 막을 방법을 모르는데, 어찌 집에서 하라 하지 말라고 자질구레한 말까지 하겠소?'
하시며 근심스러운 표정으로 얼굴을 찌푸리신 채 나가셨다. 그때는 좀 답답

하다고 생각했지만, 나중에 보니 나라를 걱정하고 집안일을 생각지 않으시는 참된 정성과 고심을 여느 사람들에게서 찾아보기 어려웠다. 너희들이 벼슬아치가 되려면 아버지의 마음을 너희 마음으로 삼아야 한다."

너희들의 밥 한 그릇도 모두 아버지께서 남기신 음덕이다

어머니께선 또 이렇게 말씀하셨다.

"네 아버지께선 평생 힘들게 글을 읽어 집안의 명성을 이루어 놓으셨다. 너의 밥 한 그릇, 옷 한 벌이 모두 아버지께서 남기신 음덕(蔭德)이다. 네가 그 덕분에 벼슬아치가 되었다 해도 옛말에 '하늘에 올랐다가 쉽게 무너져 내리는 것이 머리카락을 태우는 것만큼이나 쉽다'고 한 것을 기억해, 늘 경계로 삼아야 한다."

어머니께선 항상 모든 일에 정력을 쏟으셨다. 내가 그것은 목숨을 보전하는 도리가 아니라고 만류하면,

"너는 나를 걱정하지 말고 네 몸이나 걱정해, 내가 너를 석성하지 않도록 해라."

하셨다. 내가 음덕으로 벼슬길에 나섰지만,

"내가 일을 그만두고 네게 기대어 네 걱정을 보태고 싶지 않다"

하셨다. (줄임)

백성이 죄를 지었다고 해서 너무 때리지 마라

아버님께서는 여러 차례 감영(監營)을 맡으셨는데, 정책과 법령을 시행하실 때 엄격하고 급하셨다. 어머니께선 늘 '그렇게 하시지 말라'고 하시면서,

이렇게 말씀하셨다.

"아녀자가 행정에 간섭하는 것이 몹시 나쁜 일이긴 하지만, 복을 오래 누리도록 아끼기 위해서는 끝내 말씀드리지 않을 수 없습니다."

내가 고을을 다스릴 때에는 (백성들에게) 태장(笞杖)을 남용(濫用)하지 말라고 내게 주의를 주셨다.

"죄가 있는 자를 어쩔 수 없이 매로 다스리는 경우가 있지만, 그러다가 사람의 목숨까지 잃게 한다면, 그 불행이 너무 심하다. 크게 경계해야 한다."

어쩌다 관아의 뜰에서 태장 소리가 조금 오래 들린다 싶으면 어머니께서 반드시 쪽지에 매로 때린 숫자를 써서 태장을 그치게 하셨는데, 쪽지를 전하는 사람은 그게 무슨 뜻인지 몰랐다. 그리고는 늘 이렇게 말씀하셨다.

"혹시라도 (어머니 덕분에 사또님이 너그럽다고) 아녀자가 좋은 평판을 들어, 그 은혜가 사또에게 돌아가지 않을까 걱정된다."

내가 황해도 연안도호부의 부사(府使, 종3품)로 있을 때에 공무로 어떤 사람을 엄히 매질하고 가두었는데, 그가 며칠 지나지 않아 추위 때문에 병이 나서 죽고 말았다. 그러자 어머니께서 몹시 두려워하시면서, 이렇게 말씀하시고는 서울 집으로 돌아가셨다.

"비록 공무 때문이지만 네 손으로 사람의 목숨을 잃게 했으니, 이 어찌 내가 듣고 싶은 일이겠느냐? 이런 까닭으로 나는 네가 수령 되는 것이 기쁘지 않았다."

남을 불쌍히 여겨라

어머니는 평생 겸허하신 성품이라, 선한 일을 하시고도 남에게 알려지는 것을 바라지 않으셨다. 어쩌다 내가 어떤 일을 처리하면서 스스로 해결해낼 능력이 있다고 과시하면 곧바로 언짢아하시면서 이렇게 말씀하셨다.

"사람이 자기 장점을 과시하고 자랑하면 안 된다. 과시하고 자랑하는 것은 소양이 깊지 못한 짓이다. 잘 해낼 수 있다고 생각하는 일도 다 할 수 없으니, 스스로 크다고 가볍게 생각하면 끝내 아무 것도 못 얻지 않겠느냐?"

어머니께선 사람을 보실 때에 모자란 점이 있어도 불쌍히 여겨 자상하게 가르치고 인도하셔서 스스로 깨치도록 하셨다. 그 사람의 소견이 미치지 못해도 그를 업신여기거나 무시하지 않으셨다. 언젠가 내게 이렇게 말씀하셨다.

"성인(聖人)이 덕이 되는 까닭은 아름다운 선을 행하면서 능력이 없는 사람을 불쌍히 여기는 것이니, 교만보다 더 못난 짓은 없다. 자기 능력만 믿고 남의 무능함을 업신여기는 것이 어찌 자신의 덕을 크게 손상하는 짓이 아니겠느냐?"

늘 조심해라

"너는 안자(晏子)의 수레를 몰던 마부 이야기를 들었느냐?[10] 그 마부가 우쭐댄 것은 안자의 지위가 높고 돈이 많음을 알았기 때문이다. 안자는 지위가 높아지면 높아질수록 의기를 더욱 낮추었는데, 그 마부는 자기 아내의 말을 듣고서야 부끄러움을 깨달았으니, 인품의 높고 낮음이 과연 어떠하냐?"

---

10) 안자(晏子)는 춘추시대 제(齊)나라 재상인데, 늘 겸손하고 검소하게 살았다. 그의 행적을 모아 놓은 책 『안자춘추(晏子春秋)』에 마부 이야기가 실려 있다. 마부가 안자의 수레를 몰고 나가면 사람들이 공손하게 피했으므로, 그는 아주 만족해 우쭐해졌다. 그의 아내가 어느날 문틈으로 남편의 우쭐대는 모습을 보고, 그날 저녁에 남편에게 "당신을 떠나겠다"고 했다. 안자는 이름난 재상이었지만 늘 겸손하고 뽐내지 않았는데, 그의 수레나 모는 남편은 주인의 위엄을 자기 것으로 착각하고 잘난 척하는 것이 부끄럽다고 했다. 마부는 아내의 말을 듣고 크게 깨달아, 그 뒤부터 겸손하게 바뀌었다. 마부가 달라진 것을 보고 이상히 여긴 안자가 마부에게 그 까닭을 묻자, 마부가 사실대로 말했다. 그 말을 들은 안자(晏子)는 그렇게 훌륭한 아내가 있다면 남편도 큰 인물이 될 것이라며 마부에게 높은 벼슬을 주었다고 한다.

어머니께서 또 이런 말씀도 하셨다.

"세상일의 성패는 오직 조심하느냐 아니냐에 달려 있다. 예전에 홍경해 (洪景海)가[11] 자기 아버지를 따라 통신사(通信使) 일행으로 일본에 다녀온 뒤에 공무로 소양강을 건너게 되었다. 마침 풍랑이 크게 일어 뱃사람들이 모두 위험하다고 말렸는데, 홍경해는

'나는 만리 큰 바다를 건너보아서 두려울 게 없다. 하물며 이까짓 물이야 대수겠느냐?'

하면서 남들의 말을 듣지 않고 배에 올랐다가 물에 빠져 죽고 말았다는 이 야기를 들었다. 이는 물을 우습게 본 탓이다. 물이 사람을 죽게 하는데 어찌 크고 작음이 있겠느냐? 작은 일을 만났을 때에 조심하지 않는 자는 이 이야 기를 본보기로 삼아야 한다." (줄임)

책을 보배로 삼아라

내가 어렸을 때에 이따금 놀기만 하고 책을 읽지 않아 아버님의 꾸중과 가르침을 받자, 어머니께서 탄식하며 말씀하셨다.

"옛말에 '책은 지극한 보배'라 했다. 책을 읽는 자는 그 보배를 차지하게 되고, 읽지 않는 자는 차지할 수 없다. 아이들이 책을 읽기 싫어하는 것은 스스로 그 보배를 차지할 줄 모르는 짓이다. 이 얼마나 안타까운 노릇이냐?"

아이들이 어른의 말을 따르지 않는 것을 보실 때마다 반드시 아주 심하게 꾸짖고, 그 고집을 꺾으며 이렇게 말씀하셨다.

---

11) 영조 때에 이조판서를 지낸 홍계희(洪啓禧, 1703-1771)의 아들이다. 홍계희는 1748년 일본 막부(幕府)의 9대 장군 도쿠가와(德川家重)가 장군 자리를 이어받은 것을 축하하는 통신사의 정사(正使)로 일행 500명을 이끌고 일본에 파견되었는데, 그의 아들 홍경해가 자제군관으로 따라갔다.

"어릴 때 습관과 성품을 이끌고 가르쳐서 만들어 놓지 않는다면, 자라난 뒤에 법도대로 행하도록 하기가 어렵다." (줄임)

밥을 천천히 씹어 먹어라

나는 잘 참지 못해, 평소에 몹시 서둘렀다. 어머니께서 이를 경계해 이렇게 말씀하셨다.

"너는 네 큰아버지이신[12] 대감을 보고도 느끼는 게 없느냐? 내가 시집오기 전에 우리 집 약혼식에 오셨는데, 조졸한 음식을 차려 드렸더니 대감께서 천천히 앉아 음식을 다 씹어 드시면서 하실 말씀을 다 하시고 난 뒤에 일어나 가셨다. 내 작은 아버지 진사공(進士公)께서 집에 오셔서

'윤아무개(윤동섬)는 말과 행실이 찬찬하고 자상하니, 앞으로 크게 될 사람이다'

고 하셨다. 내가 시집온 지 40년이 지났지만, 나는 네 큰아버지가 급하게 말씀하시거나 경거망동하는 것을 보지 못했다.

'사람이 멀리 있는 성현은 본받지 못해도, 가까이 있는 부형은 본받을 수 있다'

는 속담이 있다. 부형을 본받아 잘 행할 수만 있다면, 당연히 스스로 그 기질을 바꿀 수 있을 것이다. 옛사람이 말하기를 '행하다 그만두지 않아야 군자가 될 수 있다'고 했다."

---

12) 팔무당(八舞堂) 윤동섬(尹東暹, 1710-1792)은 정조 때에 이조판서를 지냈는데, 서예에 뛰어나 정조에게 칭찬받았다. 윤광호의 아버지가 일찍 세상을 떠나자, 그는 윤동섬을 아버지처럼 여겼다.

늦게 자고 일찍 일어나라

나는 어렸을 때에 잠이 많아서 아침에 늦게 일어났는데, 어머니께서 이를 경계하여 말씀하셨다.

"옛 말에 이르기를 '평생의 계획은 소년 때 있고, 한 해의 계획은 봄에 있으며, 한 달의 계획은 초하루에 있고, 하루의 계획은 새벽에 있다'고 했다. 사람은 반드시 일찍 일어나야 무슨 일이든 이룰 수 있다."

"아침에 일찍 일어나고 밤에 늦게 자는 것이 좋다. 그럴 수 없다면 차라리 일찍 자고 일찍 일어나거라. 밤이 깊었는데도 잠을 자지 못하면 정신과 생각이 종일토록 흐릿하고 노곤해지니, 아침에 일어나도 아무 일을 할 수가 없다."

내가 어렸을 때부터 어머니께서는 날마다 닭이 울면 반드시 일어나셨고, 창밖이 훤해지면 반드시 세수를 하셨다. 해마다 내 벼슬을 따라다니셨는데, 내가 이따금 공무로 새벽에 일어나 문안을 올리러 들어갔지만 이불을 펴고 누워 계신 것을 한 번도 보지 못했다. (줄임)

때를 거르지 말고 밥을 먹어라

내가 집에 있거나 관아에 있다가 자질구레한 일 때문에 어쩌다 때가 지나도 밥을 먹지 못하면, 어머니께서 이렇게 말씀하셨다.

"밥을 제때 먹어야 무슨 일이든 할 수 있다. 급하게 하려는 마음이 있으면 그 일에 빠져 밥 먹는 것도 잊어버리게 되니, 몸이 상할 뿐만 아니라 하는 일도 제대로 할 수가 없다."

예전에 내가 종들이 잘못한 일 때문에 몹시 노한 적이 있었다. 마침 저녁밥이 들어올 때라서 그 일로 밥을 먹지 않고 물리쳐 난처하게 하려 했더니,

어머니께서 이렇게 말씀하셨다.

"아침저녁으로 먹는 밥은 (간식이 아니라) 대식(大食)이다. 종들이 일을 조심하지 못했다 해도 내 밥은 내가 스스로 먹어야 하고, (종들에게) 죄가 있다면 엄정하게 다스리면 될 뿐이다. 밥을 먹지 않는 것은 너 자신의 체신을 손상할 뿐만 아니라, 굶주림까지 겪게 될 것이다. 남을 난처하게 하려다가 너 자신이 곤란해지는 셈이니, 만약 종들이 알게 되면 분명 속으로 비웃을 것이다."

맛있는 음식만 찾지 말아라

"부잣집 자제들이 저 자신을 높고 귀하게 여겨 음식을 앞에 놓고도 일부러 먹기 어렵다고 투정부리니, 참으로 비루한 짓이다. 세상 사람들이 이런 이야기를 하더라. 선조(宣祖) 때 임금님의 사위 가운데 한 사람이 오성(鰲城) 이항복(李恒福) 대감 댁에 갔는데, 점심을 주어도 먹지 않고 '나는 돌솥밥이 아니면 먹을 수 없다'고 물리쳤다고 하더라. 그 뒤에 임진왜란이 일어나 선조가 의주(義州)로 피난했을 때에 모든 조정 신하들이 굶주렸는데, 마침 보리밥이 있어서 그 임금님의 사위에게 주었더니 달게 먹었다더라. 오성 대감이 웃으면서 '이 밥은 돌솥에 지은 밥입니까?' 하자 그 사람이 부끄러워했다고 하더라." (줄임)

많이 아는 것보다 바르게 행하는 법을 배워라

어머니께서 하루는 언문으로 풀어 쓴 『여계(女誡)』를 손수 베끼고 계셨다. 내가 그 모습을 보고

"연세가 드셔서 눈이 어두운데, 왜 이런 책을 베끼십니까?"
하자 어머니께서 이렇게 말씀하셨다.

"아녀자들이 책을 읽지 않는데, 이런 책을 보지 않는다면 어느 게 선이고
어느 게 악인지, 사람의 도리로 마땅히 해야 할 일이 무엇인지 어찌 알겠느
냐? 여자들이 문자만 알고 몸을 닦고 스스로 삼가는 것을 모르게 한다면 반
드시 난설헌(蘭雪軒)같은 무리처럼 음풍농월(吟風弄月)이나 하며 지낼 테니,
이는 내가 매우 미워하는 짓이다." (줄임)

자신의 생각을 글로 써 놓아라

어머니께서는 지난날의 언행에 대해 많이 아는 것을 기뻐하셨다. 옛 성현
들의 말씀과 행적은 반드시 암송하셨다. 『소학(小學)』은 마음에 새기셨는
데, 대개 언문으로 번역된 것을 읽으셨다. 집안의 객들을 시켜서 우리 윤씨
집안 족보 가운데 계파와 공적의 기록을 번역하고 손수 그것을 베껴서 간직
하셨다.

점을 쳐서 어떤 사람이 타고난 기질을 풀이한다든가, 적은 곡식으로 떡을
만들고 술을 빚는 법과 같이 가정의 일상생활에 쓸 모 있다고 생각되는 것
은 듣는 대로 손수 기록하셨다. 글은 잘 모르셨지만 날짜와 방위의 좋고 나
쁨, 절기의 변화 같은 것들은 모두 보시는 대로 아셨다. 상스러운 이야기나
잡스러운 이야기같이 쓸 모 없는 것들은 한 번도 보신 적이 없으셨다. "나는
허황된 이야기를 좋아하지 않는다"고 하셨다.

내가 (충청도) 대흥군 군수로 있을 때에 이중환(李重煥)이 지은 『복거설
(卜居說)』을 (언문으로) 번역하고 베꼈다. 우리나라 산천과 풍속을 기록한
이 책을 드렸더니, 어머니께서 그 내용을 몹시 좋아하셔서 별다른 일이 없

으실 때엔 자주 펼쳐보며 즐거워 하셨다. 내가 어쩌다 선조들의 사실과 친인척간 계보의 내력에 관해 잘 모르는 것이 있어 들어가 여쭤보면 아주 자세하게 대답하셨으며, 우리나라의 옛일에 관해서는 더욱 자세하게 잘 아셨다. 내가 어떤 사람이 어느 조정에서 어떤 일을 했는지 모를 때마다 어머니께 여쭤보고 아는 일이 많았다. (줄임)

자식의 시험이 끝날 때까지 잠을 주무시지 않다

내가 젊은 시절 성균관에서 공부할 때에 재주가 모자라 문장 짓는 솜씨가 시원치 않아서, 매번 한밤중에 닭이 울고 난 뒤에야 겨우 시권(試券, 시험 답안지)를 제출했다. 어머니는 반드시 불을 밝히고 안 주무시다가 내가 집에 돌아온 뒤에야 잠자리에 드셨다. 내가 끝내 과거시험에 합격하지 못했지만, 어머니는 혀를 차며 탄식하는 기색이 없으셨다.

언젠가 하루는 내가 집에 있는데, 어머니가 나를 부르시더니 언문(諺文) 편지를 쓰게 하셨다. 나는 이리저리 헤아리고 생각해 보았지만, 그날따라 유난히 글이 지어지지 않았다. 그 뒤에 어머니가 집안의 손자뻘 되는 윤혜기(尹惠基)에게 이렇게 말씀하셨다.

"나는 우리 아이가 과거시험에 합격해 이름을 낼 수 없을 것을 알았다. 언문 편지 쓰는 것도 몹시 끙끙거리니, 과거시험 볼 때에도 글 짓는 솜씨가 저럴 것이다. 어찌 빨리 시권(試券)을 제출해서 합격할 수 있겠느냐?" (줄임)

낙서하지 말아라

어머니는 평생 부지런하셨으며, 모든 일을 사랑하고 아끼셨다. 모든 물건

을 당신의 마음처럼 대하시면서,

"일하는 것이 바로 세상을 살아가는 것이다. 일하지 않으면 죽은 것이나 마찬가지이다."

종이 한 장, 베 한 조각이라도 반드시 모아 두어 (나중에) 쓰이기를 기다리셨다. 해진 것이라도 모두 손수 고쳐 쓰셨고, 가볍게 내버리신 적이 없었다. 그래서 차 마시는 방에는 부서져 버릴 만한 물건이 많았는데, 그 가운데 오래 된 물건을 더욱 사랑하고 아끼며,

"한번 버리면 어찌 다시 얻을 수 있겠느냐?"

하셨다. (줄임)

언젠가 아이들이 담을 헐고 낙서하거나 그릇 깨는 것을 보시더니,

"천지의 도(道)는 만물을 자라게 하며 이루어 나가게 하는데, 아이들이 저렇게 (만물을) 해친다면 매우 상서롭지 못하다."

라고 말씀하셨다. (줄임)

살아 있는 꽃을 꺾지 마라

어머니는 천성이 지극하셔서 풀이나 나무, 벌레 같은 미물이라도 목숨이 붙어 있는 것이면 꺾거나 다치지 않게 하셨다. 아이들이 꽃을 꺾어서 손에 들고 있는 것을 보시면 경계해 말씀하시며, 이치에 맞게 가르치셨다.

"꽃이 나무에 붙어 있으면 그 꽃이 떨어질 때까지 며칠 동안 감상할 수 있지만, 지금 그 꽃을 꺾어 손에 들고 있으면 순식간에 시들어 버린다."

아이들이 또 새나 병아리를 잡아 장난을 치면 매번 심하게 하지 못하게 하시고, 반드시 원래 있던 곳에 놓아 주게 해, 그 어미 새가 있는 곳으로 돌아가게 하셨다. (줄임)

학문의 힘이 있어야 한다

언젠가 이렇게 말씀하셨다.

"사람이 나면서부터 아는 것이 아니니, 배우지 않으면 어찌 알 수 있겠느냐? 사람의 도리는 반드시 학문을 익힌 뒤에야 알 수 있으니, 학문이 사람에게 큰 것이다. 옛사람들이 큰 일을 당하고도 조금도 흔들리지 않은 것은 다 학문의 힘이 있기 때문이었다."

『염재잡고』는 지금까지 우리나라에서 연세대학교에만 소장되어 있는 희귀본이다. 그 항목 중 선비유사는 조선시대 사대부가의 전형적인 어머니 모습을 상세하게 표출하고 있는 것이다.

박씨는 21세에 홀로 되어 가장의 역할을 충실히 하였다. 성품이 대범하면서도 자상하고 섬세하여 조심성 있게 가정관리와 아들 교육을 철저히 하였다. 아들의 공직생활을 엄격하게 관찰하며 공직자로서의 역할을 정직하게 하도록 가르쳤으며, 아들에게 인자한 스승의 역할을 다하는 어머니였다. 또한, 아들에게 학문에 매진하도록 지도했으며 공직자로서 백성을 사랑으로 다스리게 했다.

박씨는 자애로운 성품으로 자연을 사랑하고 섬세한 보살핌으로 의·식·주의 생활을 잘 다스렸다. 박씨는 어머니로서 스승으로서 정치지도자로서 아들 윤광호에게 절대적인 여성이었다. 조선시대와 현대라는 다른 시공간에 있을지라도, 박씨의 모성은 현대 어머니들에게 잘 계승되고 있다.

참고문헌

한국역대인물 종합정보시스템
한국민족문화대백과사전

이이

박지현, 「화가에서 어머니로: 신사임당을 둘러싼 담론의 역사」, 18세기 여
　　성생활사 자료집『동양한문학연구』제25집, 2007.
김남이 역주, 『18세기 여성생활사 자료집』, 보고사, 2010.

안정복

『국어국문학자료사전』, 이응백, 이원경, 김선풍 교수 감수, 한국사전연구사.
『한국효행실록』, 한국노인문제연구소 편저, 1987.

심육

張炳漢, 「19세기 양명학자로 규정된 沈大允 思惟體系」, 『韓國實學研究』10.
劉明鍾, 『樗村 沈錥의 心學에 관한 研究』.
이경하 역주, 『18세기 여성생활사 자료집 2』, 보고사, 2010.

최창대

김영주, 「곤륜 최창대의 수사론 연구」, 『동방한문학』제24집, 2003.

윤광호

연세대 국학연구원 편, 『고서해제 2』, 평민사, 2004.

▌허미자

아호는 혜란(兮蘭), 본관은 양천(陽川)으로, 1931년 강원도 강릉에서 출생하였다. 이화여자대학교 국문과와 같은 대학교 대학원을 졸업하고, 단국대학교 대학원에서 문학박사학위를 받았다. 이화여자대학교 전임강사를 거쳐, 성신여자대학교 교수로 정년퇴임하였다.

저서로는 『한국시문학연구』(성신여자대학교출판부, 1982), 『허난설헌연구』(성신여자대학교출판부, 1984), 『이매창연구』(성신여자대학교출판부, 1988), 『한국여류문학론』(성신여자대학교출판부, 1991), 『한국여성문학연구』(태학사, 1996) 등이 있고, 편저로는 『조선조 여류시문전집』 6권(국학자료원, 2004), 번역서로는 나까이겐지(仲井健治)가 쓴 『일본인이 본 허난설헌 한시의 세계』(국학자료원, 2003)가 있다.

나의 스승 어머니

2013년 5월 8일 초판 1쇄 펴냄
2014년 5월 8일 초판 2쇄 펴냄

지은이 허미자
펴낸이 김흥국
펴낸곳 도서출판 보고사

책임편집 이경민
표지디자인 오동준

등록 1990년 12월 13일 제6-0429호
주소 서울특별시 성북구 보문동7가 11번지 2층
전화 922-5120~1(편집), 922-2246(영업)
팩스 922-6990
메일 kanapub3@naver.com
http://www.bogosabooks.co.kr

ISBN 979-11-5516-008-4   93810
ⓒ 허미자, 2013

정가 12,000원
사전 동의 없는 무단 전재 및 복제를 금합니다.
잘못 만들어진 책은 바꾸어 드립니다.
이 도서의 국립중앙도서관 출판시도서목록(CIP)은 서지정보유통지원시스템 홈페이지(http://seoji.nl.go.kr)와 국가자료공동목록시스템(http://www.nl.go.kr/kolisnet)에서 이용하실 수 있습니다. (CIP제어번호: CIP2013004492)